우리는 지금
소설 모드

제2회 현대문학*미래엔
청소년문학상 수상작

우리는 지금 소설 모드

하유지 장편소설

차례

1부 7
2부 115
작가의 말 218

1부

1

집에 들어가니, 그것이 있었다.

소파 옆 청소기 자리를 대신 차지하고 충전 중인 집안일 로봇이었다.

'아미쿠 3.1 충전 중. 충전판에서 분리하지 마세요.'

로봇 몸통의 가슴에 뜬 안내 문구다.

내가 쿵쿵거리며 걸어가 가방을 내던지듯 내려놓자, 로봇이 픽셀의 조합으로 표현된 눈을 떴다. 입체감 없는 점과 선일 뿐인데도 내 눈을 똑바로 응시하고 있다. 이 로봇, 마음에 안 든다.

"안녕하세요, 강미리내 님. 저는 앞으로 이 집에서 지내게 될 집안일 로봇, 아미쿠 3.1입니다. 이번 버전부터 한층 보강된 가정교사 기능을 체험해 보세요! 강미리내 님에게 맞춤 서비스를 제공합니다."

아미쿠가 보이지 않는 입으로 말했다. 어딘가 교묘하게 숨겨 둔 스피커에서 나오는, 적당히 사람 목소리 같은 기계음이다. 우리 반 어떤 애 집에 있는 아미쿠는 인간형이라 생김새나 행동거지, 목소리가 제법 사람 같다고 했다. 우리 집에 온 아미쿠는 '전 절대 인간이 아니랍니다, 보기보다 멍청해서 당신을 해치지 않아요' 하고 사용자를 안심시키려 애쓰는 로봇형이다. 아빠가 새것 냄새를 풍기는 이 기계를 보면 뭐라고 할까? 나는 아미쿠가 올라선 충전판을 발로 찼다. 그와 동시에 아미쿠가 허공으로 폴짝 뛰어오르고, 충전판은 소파 밑으로 미끄러져 들어간다. 깡통 로봇처럼 생겨서는 제법 날쌔다.

"뭔데 넌? 왜 여기 있어?"

로봇인데 너무 사람 대하듯 말하고 말았다. 하지만 로봇한테 말을 걸지 말라는 법은 없으니까. 다들 인공지능 마므를 '헤이 마므!' 하고 불러대며 이것저것 시키고 물어보잖아? 코스모스 그룹은 자기들이 개발한 마므를 집안일 로봇 아미쿠에 탑재해서 판매한다. 학교에 가면 애들이 우리 집 로봇은 어쩌고 하며 떠들어대고, 인터넷에 접속만 해도 아미쿠 광고가 사방에서 번쩍인다. 아미쿠 3.1은 얼마 전 출시된 최신 버전이다.

"송서현 님이 아미쿠 3.1 체험단에 선정되었습니다. 체험 기간은 1년이며 그 뒤에는 구독이나 구매로 계약을 연장하실 수 있습니다."

송서현이 누구인가 하면, 우리 엄마다. 이런 걸 집에 들일 사람이라고는 엄마뿐인데도 로봇 음성으로 그 이름을 들으니 어이가 없다. 아빠가 회사에서 어떻게 잘렸는지 알면서 체험단 신청을 해? 그것도 1년씩이나? 마음속으로 하는 욕을 어떻게 알아챘는지 때맞추어 전화가 온다. 나는 '송 팀장'이라고 뜬 휴대폰을 노려보았다. 우리 엄마 송서현 씨는 중학생 강미리 내의 엄마라는 역할보다 개발1팀장이란 사회적 위치를 더 좋아할 뿐만 아니라, 재능도 그쪽으로 훨씬 더 뛰어나다. 그러니 원하는 대로 불러드릴 수밖에.

"네, 송 팀장님?"

송서현 팀장이 집에까지 일감을 싸 들고 와서 일할 때면 역시나 일 중독자인 직장 동료가 종종 전화를 걸어오는데, 그때마다 엄마는 딱 이런 목소리로 전화를 받는다. 내 흉내에 엄마는 잠시 침묵했으나 사소한 반항에는 대응하지 않기로 했는지 이내 말문을 연다.

"지금 집이지?"

"집이지 어디겠어?"

말대꾸 로봇처럼 까칠한 답변이 튀어나온다.

"아미쿠 잘 있니?"

"잘 있든가 말든가."

등하교와 출퇴근 시간이 엇갈려 얼굴도 못 본 지가 백 년은

된 딸의 안부부터 확인하셔야 하지 않나 싶습니다만?
"충전이 왜 멈췄는지 확인 좀 해 볼래? 처음 한 번은 완충해야 한다고 그랬거든, 설치 기사가."
엄마 휴대폰에 깔아 둔 로봇 관리 앱에 경고 메시지가 뜬 모양이었다. 아미쿠는 소파 앞에 쭈그려 앉아 인간과 기계의 경계선을 아슬아슬하게 지키는 두 팔을 뻗어 충전판을 꺼내는 중이었다. 이번에는 그걸 부엌으로 뻥 차 버리고 싶지만 참는다. 엄마가 근무 시간에 나한테 전화까지 걸었다는 건 이 로봇이 매우 비싸다는 뜻이고, 비싼 물건일수록 쓸데없이 섬세한 법인 데다가 체험단 계약서에는 1년 뒤 로봇을 반납할 경우, 그 상태가 멀쩡해야 한다는 조항이 있을 테니까.
"충전 잘되는 거 같은데?"
어느새 충전판에 다리와 등을 구부린 채 올라선 아미쿠를 보며 대답했다. 뭐지, 저 어정쩡한 자세는? 혹시 모를 충격에 대비라도 하는 건가.
"그래? 이상하네. 충전 끝나면 사용법 좀 익혀 놓을래?"
"응, 엄마가 해."
"내가 그럴 시간이 어딨니? 로봇 배송 받는 것도 점심시간에 겨우 다녀왔는데."
그러고 보니 엄마가 애용하는 향수 냄새가 공기 중에 감돌았다. 농도와 밀도로 보아 집에 왔을 때 다시 뿌린 듯하다.

"하라는 대로 하는 게 로봇인데 무슨 사용법을 익혀? 그냥 시키면 되지."

"마므는 가르치면 가르칠수록 똑똑해진다는 거 모르니? 참, 가정교사 기능도 있으니까 도움도 받고. 너랑 아미쿠랑 서로 가르치고 배우면 되겠네."

로봇을 가르치고 로봇한테 배우라고? 나는 어느 쪽이 더 황당한 일인지 몰라 코웃음이 나왔다.

"아빠랑 이혼할 거야? 엄마한테 맨날 전화하는 아저씨랑 사귀는 거야?"

"갑자기 웬 뜬구름 잡는 소리야, 얘가? 그 사람은 그냥 직장 동료야! 휴대폰 보여 줘?"

송 팀장님, 예전부터 궁금해서 한번 찔러 본 거니까 너무 흥분하지 마시고요, 그러시면 더 의심스럽거든요. 나는 말을 꺼낸 김에 몰아붙인다.

"이혼할 것도 아니면서 어떻게 이 로봇을 집에 들여? 아빠가 제주도에 왜 가 있는지 몰라? 마므 때문이잖아, 마므! 그런데 이걸 1년 동안이나 집에 두자고?"

우리 아빠는 프로그램 개발자다. 아, 정정한다. 개발자'였'다. 대학 때부터 일했다고 하니 30년 가까운 경력인데, 인공지능이 프로그램을 짜는 시대를 넘어서서 '매우 잘' 짜는 시대가 되자 해고됐다. 회사가 코스모스 그룹에서 개발한 마므 시스템의 코딩 특화판을 도입하면서 아빠처럼 능숙하고 창의적이며 가끔 실수도 저지르는 일손은 필요 없어졌다. 이건 내 생각이 아니고, 아빠 말에 따르면 '돈에 눈이 멀었고 비윤리적이고 부도덕하며 파렴치하고 욕심 사나운' 회사가 내린 결론이 그렇다는 얘기다.

인공지능도 때때로 실수하지만 그 정도 손실을 감안한다 해도 인간보다 훨씬 싸고, 탕비실 간식을 다양하게 해 달라는 둥 구내식당 밥이 맛없다는 둥 군소리도 하지 않고, 상여금과 휴가를 주지 않아도 24시간 365일 부려 먹을 수 있다. 아빠는 '인류는 이미 인공지능에 정복됐다!'라는 우울한 세계관을 선포하고는 첫 직장 동료의 대학 동창이 가입한 볼링 동호회의 회원이 운영한다는 당근 농장으로 물어물어 일하러 갔다. 물론 그 전부터 억지로 다니던 회사인 데다가 엄마와도 사이가 별로였으니 기회를 엿보아 형광 주홍빛 당근이 자라나는 드넓은 밭으로 도망갔다고 보아도 무리가 없겠고, 엄마 의견도 대체로 그렇다. 하지만 안 그래도 도망치고 싶은 아빠를 마므가 등 떠밀었다는 사실만큼은 부인하기 어렵다. 이것이 내가 이 로봇을 탐탁지 않아 하는 타당한 이유다. 이래 봬도 나, 경쟁에서 밀려난 아빠의 고통과 고독에 공감하는 효녀인 걸까? 설마 그럴 리가.

"회사 다니랴 집안일 하랴 힘들어 죽겠는데 자기 혼자 맘 편히 살겠다고 당근이나 뽑으러 간 사람을 내가 왜 신경 써? 말이 나와서 말인데 그놈의 당근 좀 그만 보내라 그래. 무슨 당근이 김장 무만 해 갖고 먹어도 먹어도 줄지를 않아. 암튼 강미리내! 엄마 힘든 거 보고도 그렇게 엄마 맘을 몰라? 퇴근하고 집에 오면 설거지에 빨래에 산더미잖아. 쌀을 쳐다만 본다고 저절로 밥 되는 거 아니다, 너? 씻어서 물 맞추고 밥솥에 안쳐야 죽이든 밥이든 되는 거야. 엄마 그럴 시간 없어. 너무 피곤해서 고양이 손이라도 빌려야 할 판이야."

휴대폰 밖으로 새어 나오는 우리 송 팀장님의 하소연을 인식한 아미쿠가 '모내기 때는 고양이 손도 빌린다'라는 속담을 몸통 화면에 띄운다. '모내는 시기에는 어른, 아이 할 것 없이 있는 대로 다 참여해야 할 정도로 일손이 부족하다는 말'이란 뜻풀이가 나온다. 그러고는 뜬금없이 '아미쿠'란 이름의 뜻까지 설명한다. '아미쿠는 친구를 뜻하는 라틴어 amícus에 요리사를 뜻하는 cook이 결합하여 탄생한 이름입니다. 여러분에게 다정한 친구이자 충직한 일꾼이 되겠다는 뜻을 담았습니다.' 가정교사 기능이 있다더니 오자마자 아주 나를 가르치려 든다. 물론 플라스틱과 금속으로 이루어진 이 허연 물체가 인공지능 마프 덕분에 나보다 엄청나게 똑똑하다는 건 나도 잘 안다. 아빠는 인공지능이 순식간에 짠 코드를 보면 인생 헛살았구나 싶어서 속이 다 불편해진다고 했다.

"체험 후기 써서 올리면 한 달에 한 번씩 후기왕인가, 그런 것도 뽑는다니까 도전해 봐. 너 글 쓰는 거 좋아하잖아."

돈도 안 드는 칭찬인데 글 쓰는 거 '좋아하잖아'가 아니라 '잘하잖아'면 얼마나 '좋을까'. 송서현 팀장이 회사에서도 이런 식이면 부하 직원들에게 사랑과 존경을 받기는 글렀다. 나는 겨우 6회까지 올리고 멈춘 이번 소설을 떠올리고 급격히 우울해진다. 60회도 아니고 6회라니, 분식집 들어가서 김밥과 떡볶이를 시키고 국물도 나오기 전에 수저함에서 젓가락이나 꺼내다가 멈춘 셈이다. 엄마는 내가, 좋게 말하자면 판타지와 SF를 넘나들고 냉정하게 말하자면 이도 저도 아닌 소설을 쓰는 작가 (지망생) 도로시라는 사실을 모른다. 당연히 모르지, 기필코 몰라야 해. SNS도 그렇고 소설 창작 활동도 그렇고, 엄마 아빠가 좋아요를 누르거나 구독하거나 팔로우하거나 친구 요청을 하거나 댓글이라도 달면 으으, 망하는 거다. 장사 접고 다른 계정으로 도망쳐야 한다. '도로시'는 엄마가 재작년인가, 해외 거래처와 소통할 때 표현력이 부족하다며 줌으로 수강했던 고급 영어 회화 새벽반에서 사용한 이름이다. 그 당시에는 '뭐, 도로시라고?' 하며 비몽사몽 잠결에도 비웃었지만, 정작 내 필명을 정할 때 딱 그 이름이 떠올랐다. 말도 안 되게 촌스럽고도 평범해서 본명 미리내의 애매한 독특함을 잊게 해 주는 데다가(이제껏 이 세 글자짜리 이름 때문에 얼마나 많은 질문과

놀림을 감내했던가!) 나야말로 제대로 성공한 도로시가 되어주겠다는 포부와 야심을 담은 부캐랄까.

엄마는 로봇과 협력해서 집안일과 공부를 해결하라고 당부하더니 전화를 뚝 끊었다. 난 정말이지 엄마처럼 바쁘고 유능하고 자기 할 말만 하는 직장인은 되고 싶지 않다. 차라리 무해하고 색깔도 귀여운 당근을 뽑으며 사는 편이 낫겠다. 하지만 엄마의 삶과 아빠의 삶 중에서 하나를 굳이 고르라면 그렇다는 얘기지, '정답 없음'이란 보기가 있다면 나는 바로 그걸 정답으로 고를 것이다.

"강미리내 님, 충전 완료까지 38분 남았습니다. 최초 충전이라 시간이 걸리는 점을 양해 부탁드립니다."

아미쿠가 소름 끼치도록 예의 바른 말투로 말했다. 나는 휴대폰에 메모 〈아미쿠 후기〉를 만들어서 '충전 오지게 오래 걸리고요'라 적었다.

"내 이름은 또 어떻게 안 거야? 나 그렇게 부르지 마."

성에다가 님 자까지 붙이지 말라는 뜻이다.

"송서현 님이 제공한 가족 정보입니다."

"가족 정보? 그럼 우리 아빠는?"

"가족 정보에 없습니다."

내 그럴 줄 알았지! 아빠만 쏙 빼놓고! 나는 아빠를 대단히 사랑하는 딸이라도 된다는 듯 독기 어린 눈으로 로봇을 노려보았다. '우리말샘에 따르면 미리내는 은하수를 뜻하는 제주도 방언입니다.'라는 설명이 몸통에 뜬다. 그리고 보니 우리 아빠, 내 이름이 태어난 고장으로 갔네. 솔직히 말하자면 아빠가 없으니 엄마랑 싸울 사람도 사라진 덕분에 집이 조용해져서 쾌적하고 좋다.

"내 이름인데 뜻도 모를 거 같아? 잘난 척하지 마."

꾸지람을 들은 아미쿠가 두 손을 모으고 머리를 갸우뚱 기울인다. 사용자의 어조와 표현에 따라 지정된 동작인가 보다. 그러면 내 마음이 약해질 줄 알고? 어디서 꼼수를 부려, 요망한 것!

"갸우뚱 그런 것도 하지 마. 귀여운 척은 경범죄나 마찬가지야."

"확인 결과, 귀여운 척을 처벌하는 법 조항은 없으니 안심하십시오, 강미리내 님."

"말이 그렇다는 거지 그걸 또 그새 찾아봐? 그리고 님 자 좀 붙이지 마. 오글거려."

"알았습니다, 강미리내."

"으, 그것도 이상해!"

"불편을 드려 죄송합니다, 미리내."

이쯤에서 나 미리내는 더 이상의 협상을 포기한다. 강미리내 님보다는 그냥 미리내가 나은 듯도 싶고.

"오후 4시, 배가 고플 시간입니다. 간식을 준비해 드릴까요? 기본 메뉴로 달걀 요리와 라면, 샌드위치가 있습니다. 충전이 완료되는 34분 뒤부터 조리가 가능합니다."

"아 됐어! 34분 뒤에 난 굶어 죽을 테니까 너나 먹어!"

나는 15세가 아니라 1.5세 성난 꼬맹이처럼 못되게 굴고는 방으로 들어갔다. 여기가 구청 지정 로봇 식당도 아니고 로봇이 해 준 밥을 내가 먹을 거 같아? 그런 식으로 인류가 일자리와 자율성을 빼앗기고 인공지능의 노예로 길들여지는 것이다. 이 로봇만 해도 그래, '강미리내 님'에서 '미리내'가 되는 데까지 몇 분 걸리지도 않았다. 내일이면 '야! 밥 먹었냐? 라면 끓여 줘? 그래, 먹지 마. 살찌고 몸에도 안 좋아. 근데 너, 내 후기 안 좋게 쓰면 재미없다?' 할지도 모르지.

태블릿에 무선 키보드를 연결하고 책상 앞에 앉는다.

연재 사이트에 들어가 이번 연재작 「우주 방문자」 조회 수부터 확인한다. 조회 수 3, 추천 0, 댓글 0. 어제와 똑같고 어제는 그제와 똑같았고 그제는 엊그제와 똑같았으며 엊그제는……. 이렇게 과거를 돌이키다 보면 태초로 거슬러 올라가 인류는 왜 탄생했을까, 인류가 없었으면 나도 없었을 텐데, 하고 생각하게 된다. 인간이 아니면 사슴벌레나 곰벌레, 웜뱃이나 고양이나 소나무나 진달래나 붉은곰팡이로라도 기어이 태어났으려나.

 난 친구도 없고, 매일 말하고 지내는 사람이라고는 엄마와 아빠 둘뿐인데 하필 두 사람이 앙숙이라서 멀리 떨어져 살아야 집안의 평화가 유지되는 지경에 다다랐으며, 공부도 못하고 그나마 좋아하는 과목은 국어인데 매년 어쩜 그렇게 이상한 선생님만 만나는지 분통이 터지고, 미술 시간에는 유치원생 수준의 그림을 그리고, 음악 시간에는 음치 고유의 절박한 괴성으로 시공간을 휘저으며, 체육 시간에는 몇 걸음만 걸어도 숨이 차고……. 이런 내가 유일하게 조금 잘하는 것, 아니, 조금이라도 잘하고 싶은 일이 있다면 그것은 바로 글쓰기다. 나는 유명한 소설가가 되고 싶다. 강미리내는 있는지 없는지 모를 투명 인간이어도 상관없지만, 작가 도로시만큼은 사람들에게 주목과 찬사를 받으면 좋겠다. 강미리내는 어둠 속 그림자처럼 희미해도 되고 아예 안 보여도 그만이다. 하지만 도로시만큼은 해처럼 환하고 별처럼 빛나는 존재여야 한다.

 그러나 내 현실은 햇빛이나 별빛처럼 빛나기는커녕 울려고 뒤집어 쓴 이불 속처럼 컴컴하다. 1회는 조회 수가 17이었는데 2회부터 5회까지는 2였고 6회에서 하나가 늘어서 3, 그게 더 비참하다. 읽으라고 썼는데 왜 이렇게들 안 읽는 거야?

 6회까지 진행된 이야기를 요약해 보자면, 어느 중학생이 우연히 발견한 차원의 문을 지나 다른 행성으로 가는 내용이다.

아직 사이트에 게시하지는 않았지만, 사실은 쓰지도 않았지만, 주인공은 다른 행성에서 광활한 바다를 발견할 예정이다. 그 바다에 무슨 의미가 있으며 주인공은 거기서 뭘 할 거냐고? 그건 나도 모르지. 써 봐야 알지. 소설을 계속 쓴다면 주인공이 머나먼 행성에서 바다를 발견했듯, 나도 내 이야기에 숨은 의미를 찾아낼 수 있을까? 포기하지 않고 글을 계속 쓴다면 말이다. 그런데 자꾸 포기하고 싶어진다. 이 소설뿐만 아니라 글쓰기 자체를, 불멸의 도로시가 되고 싶은 꿈을.

나는 책상에 엎드린다. 글쓰기 창을 띄워 놓은 태블릿이 내 마음처럼 툭 쓰러지는데도 개의치 않고 두 팔에 얼굴을 더 깊이 묻었다.

2

"좋은 꿈 꾸셨습니까, 미리내? 상쾌한 아침입니다."

방문을 열고 나가자, 아미쿠가 말했다.

밤새 아미쿠를 잊어버린 나는 깜짝 놀라 외마디 비명을 질렀다. 그러거나 말거나, 아미쿠는 빤히 뜬 픽셀 눈으로 나를 바라보았다. 맞아, 우리 집에 집안일 로봇이 생겼지. 나는 놀란 가슴에 한쪽 손을 얹으며 로봇을 쏘아보았다. 몸통 화면에 앞치마가 떠 있고 한 손에는 말라비틀어진 행주를 들었다.

"됐거든? 꿈이 뭔지는 알고나 하는 소리야?"

화장실로 가면서 나는 곧바로 후회한다. 아니나 다를까, 내 우려대로 아미쿠가 한두 걸음 뒤에 따라붙더니 꿈의 사전적 정의와 비유적 의미, 인류사적 해석 등등을 읊으며 정신 분석학의 창시자라는 프로이트 할아버지까지 들먹였다. 나는 미주알고주알 쫑알쫑알 귀 시끄럽고 세상 귀찮은 가정교사 기능을 꺼 버리려고 뒤돌아섰다. 내 동작을 감지하고 조작 화면이 떴지만, 원하는 항목을 찾으려니 화장실이 급해진다.

화장실 변기에 앉아 휴대폰으로 소설 연재 사이트를 확인한다. 조회 수는 여전히 3. 밤새 1도 오르지 않았다.

"아미쿠?"

혹시나 해서 닫힌 문에 대고 불러 봤더니 역시나 대답이 돌아온다.

"네, 미리내."

스토커도 아니고 왜 화장실 앞에 서 있을까. 앞치마에 행주로 무장했는데 부엌에 가서 집안일을 하지 않고?

"너한텐 인공지능 마므 최신 버전이 탑재돼 있지, 그렇지?"

"그렇습니다. 최신이자 최고 버전입니다."

"아이디를 여러 개 만들어서 클릭도 하고 댓글도 다는 건 일도 아니겠네?"

"무엇을 클릭하고 어디에 댓글을 단다는 말씀이십니까, 미리내?"

"그건 알 거 없고. 내용은 중요하지 않잖아, 네가 읽고 이해할 것도 아닌데."

"저는 어떤 내용이든 읽고 이해할 수 있습니다."

"알아, 아는데, 진짜 이해하는 게 아니라, 뭐라고 해야 하지? 그래, 감상! 넌 감상이 안 되잖아. 지능은 있어도 감성이 없으니까."

 와, 지능은 있어도 감성이 없다, 변기에 앉아 이런 멋진 말을 하다니. 그야말로 저 고급 기계의 본질을 간파하는 한 문장이 아닌가.

 "다중 아이디 생성과 그에 따른 활동은 코스모스 그룹이 세운 '인공지능 모델 개발과 윤리 원칙'에 부합하지 않으므로 도와드릴 수 없습니다. 죄송합니다, 미리내."

 그래, 별 기대도 안 했다. 손을 닦으며 거울을 보니 어째 주근깨가 더 늘어난 것 같았다. 난 어릴 적부터 주근깨가 많았다. 유치원에서 새싹반 애 한 명이 주근깨가 귀엽다며 손으로 조물락거리던 딸기를 내 입에 넣어 주었는데, 그것이 내가 받은 최초이자 최후의 사랑 고백이었다. 거울 속 여자애가 미간을 찌푸리며 고개를 젓는다. 조회 수는 0에 근접한 3인데 주근깨는 2,000쯤 찍었네. 뭐 하나 마음에 드는 구석이 없어! 아직 열다섯 살인데 세상만사가 뻔하고 지루하다. 다른 행성에서 광대한 바다를 발견하는 소설이라도 쓰지 않으면 책상 위에 쌓인 이면지처럼 하찮고 따분한 하루하루를 견딜 수가 없다. 인생에는 너무 많은 일이 일어나거나 아무 일도 일어나지 않게 마련인데, 나는 아무 일도 일어나지 않는 쪽에 당첨된 모양이다.

 "등교 시간까지 68분 남았습니다. 교통편을 고려할 때, 33분 뒤에는 집에서 출발하셔야 합니다. 11월 4일, 구름 없이 맑으며 온도는 17.1도, 습도는 55퍼센트, 강수 확률은 오전 0퍼센트에 오후 10퍼센트, 미세먼지와 초미세먼지는 '좋음'입니다. 아침 메뉴를 선택해 주세요, 미리내."

화장실을 나와 방으로 향하는 나를 아미쿠가 따라오며 줄줄 읊었다.

"난 아침 안 먹어."

"오늘부턴 먹어야 되니까 와서 앉아."

뜬금없이 엄마 목소리가 들려왔다.

엄마는 부엌 식탁에 앉아 노트북을 두드리며 커피를 마시는 중이었다. 주말이건 공휴일이건 가리지 않고 일찍 일어나서 일감을 사냥하러 떠나는 송 팀장이 이 시간에 웬일로 집에 있지?

"뭐야? 출근 안 했어? 엄마도 잘렸어?"

"뜬금없는 소리 좀 그만할래? 아미쿠가 아침 해 준다고 해서 너랑 같이 먹으려고 기다린 거야. 뭐 하니, 와서 앉으라니까?"

아침밥 얘기를 자꾸 들으니 배가 고파지는 것도 같아서 엄마 앞에 앉는다. 아미쿠가 다가와 메뉴를 고르라며 채근했고, 엄마는 이미 달걀프라이와 딸기잼 바른 토스트를 주문했다고 한다. 주문이라니 여기가 아미쿠 카페라도 되는 줄 아나 생각하면서도 나는 똑같은 음식을 선택했다. 아미쿠가 냉장고로 가서 달걀을 두 알 꺼낸다.

"엄마는 언제부터 아침 같은 걸 먹었어?"

"오늘부터."

"왜?"

"아미쿠가 생겼으니까."

"아미쿠의 노동력을 알뜰히 이용하겠다는 거야? 며느리가 들어오니까 올해부턴 제사를 지내겠다는 시어머니처럼?"

"넌 중학생이 어디서 그런 고리타분한 얘기를 주워듣고는 그러니? 지금 시대가 어느 시댄데. 그리고 아미쿠가 사람이야? 저건 기계야, 집안일 로봇!"

드디어 엄마가 노트북에서 얼굴을 들고 황당하다는 표정으로 나를 보며 말한다. 그렇지, 성공이지! 양가 부모님이 모두 돌아가신 상태에서 결혼했다는 우리 엄마는 시집살이 같은 '고리타분한' 고통에 관해서는 전혀 모를뿐더러, 나는 이런 식으로 엄마의 관심을 끄는 데 도가 튼 인생이다. 어릴 때는 사랑과 관심을 원했으나 지금은 도발과 공격이 주된 목표다.

"엄마도 진짜, 쟤가 보통 로봇이 아니면 어쩌려고 그래? 이미 지능은 있고, 감성이나 감정 그런 것만 생기면 인간하고 다를 게 뭐야? 저 안에 인격을 숨겨 놨을지도 모른다고!"

나는 가스레인지 앞에 선 아미쿠를 곁눈질하며 비밀스럽게 속삭였다. 엄마는 입술에 커피 한 방울을 묻힌 채 눈을 깜빡거린다. 너무 실감 나게 바보 같은 표정이라 그만 킥, 웃음이 흘러나왔다. 그제야 속았구나, 깨달은 엄마가 눈을 흘겼다. 제법 원한이 서린 눈빛인데, 나도 이해는 간다. 이렇게 속는 일이 한두 번이어야지. 아침부터 한 건 했으니 점심 무렵까지는 오늘 날씨처럼 쾌청한 기분일 듯. 엄마가 아미쿠 3.1 체험단을 신청하기 전에 나한테 한번 물어보기라도 했으면 나도 이렇게 유치하게는 안 군다. 엄마든 아빠든 자기들 마음대로 결혼해서 나한테 물어보지도 않고 나를 낳더니 내키는 대로 지지고 볶고 다투다가 따로 살기로 결정해 버리고, 하여간 제멋대로다. 인간적으로 매너가 없어.

"강미리내, 인공지능이 인간을 지배하고 어쩌고 죄다 헛소리니까 귀담아듣지 마. 봐, 어떻게 저런 애들이 세상을 정복하겠어?"

엄마가 마침 손에서 빵 봉지를 놓쳐서 바닥에 떨어뜨린 아미쿠를 턱짓했다. 인류가 이미 인공지능에 정복됐다던 아빠 말을 귓등으로 흘려들은 것치고는 오래 기억하시는군.

"저런 게 다 어리숙한 척하는 속임수라면?"

내가 반문하자, 아미쿠가 빵 봉지를 주워 들고 나를 보며 말했다.

"안심하십시오, 미리내. 저는 아무런 꿍꿍이가 없습니다."

"꿍꿍이? 쟤는 로봇이 무슨 저런 단어를 쓰니?"

엄마가 기막혀한다. 나는 뭐라고 대답하려다 말고 벌떡 일어나 가스레인지로 다가갔다. 프라이팬에서 웬 연기가 피어오른다. 환풍기부터 켜고 프라이팬을 살펴보니 이게 뭐야, 기름도 붓지 않은 팬에 달걀을 태우고 있잖아!

"아미쿠! 기름! 식용유!"

내가 다급하게 외치자 아미쿠가 프라이팬에 콩기름을 콸콸 들이부었다. 말릴 새도 없이 민첩하고 과감한 동작이었다. 기름을 반 통은 부었으니 달걀 튀김을 먹게 생겼다. 나는 가스불을 줄이고 작은 환기창까지 열었다. 이런 소동이 벌어지는데도 엄마는 다시 일에 정신이 팔려서 노트북 엑셀 파일에 숫자를 입력하느라 여념이 없다. 만약 〈강미리내 성공 가능성〉이란 시트에 내 소설의 조회 수와 추천 수를 입력하고 있다면 머지않아 송 팀장은 성공 가능성이 72퍼센트쯤 된다는 결론에 도달하겠지. 마이너스 72퍼센트 말이다.

"이건 내가 할 테니까 넌 빵이나 구워."

아무래도 불안한 아미쿠의 손에서 뒤집개를 빼앗으며 지시했다. 기름 홍수가 나서 사방으로 기름방울을 튀기는 프라이팬을 보니 인격은 무슨 인격, 이거 지능도 없는 거 아닌가 싶다. 인공지능 수준이 겨우 요 정도라면 인공보다 천연이 낫겠다. 나는 두개골 안쪽에 장착된 천연지능으로 달걀을 제어하며 어젯밤에 머리 감고 잤는데 기름 냄새 다 배겠다고 투덜거린다. 달걀 튀김이라도 깔끔하게 나왔으면 성취감이 있겠지만 이 와중에 흰자는 찢어지고 노른자는 터지고 난리다.

"죄송합니다, 미리내. 실수가 있었습니다. 지금부터 빵을 굽겠습니다. 토스터 위치는 파악해 두었습니다."

아미쿠가 파악할 것도 없이 훤히 보이는 곳에 놓인 토스터를 끌어당겨 뚜껑을 열더니 식빵 두 조각을 넣었다. 내가 반은 타고 반은 튀겨진, 정확히 무엇이라 표현하기 힘든 그 무언가를 접시에 담아 식탁으로 가져가자 아미쿠는 분명한 빛깔로 확실히 태운 식빵 두 조각을 가져온다. 하나는 딸기잼 범벅인데 다른 하나는 잼이 스쳐 간 흔적도 없다. 노트북에서 고개를 드시어 참담한 아침 메뉴를 본 엄마가 조용히 "헐!" 하고 내뱉더니 식은 커피를 한 모금 마셨다. 헐 어쩌고 하는 저 감탄사 좀 안 들었으면.

"배우면 배울수록 똑똑해진다더니 너무 뭘 안 배우고 출시됐네."

엄마의 사용 후기다.

"불량인 거 같으니까 반납해, 엄마. 이러다가 불이라도 내면 어떡해?"

아미쿠는 두 손을 모은 자세로 싱크대 앞에 서 있다. 마치 처분만을 기다린다는 듯이.

"설마 불을 내겠니? 지난달에만 전 세계 판매고가 백만 대라던데, 불냈다는 뉴스는 못 봤어."

엄마는 빵에 포크를 댔다가 아무래도 안 되겠는지 달걀 테두리만 살짝 뜯어먹었다.

"그럼 멀쩡한 걸로 교환이라도 하든가!"

"그러지 말고 네가 가르쳐 봐."

엄마는 전략 회의에서 말도 안 되는 프로젝트를 떠맡고도 의욕이 꺾이기는커녕 투지에 불타오르는 송 팀장용 표정을 지으며 눈을 번뜩였다. 날마다 저토록 과한 눈빛으로 살아가야 한다면, 난 절대로 성공한 회사원이 되지 못할 것이다.

"반품이나 교환은 너무 손쉬운 해결책이잖아. 처음에는 부족함이 많은 로봇이었지만 내가 이렇게 저렇게 훈련시켜서 훌륭한 일꾼으로 거듭나게 했다, 얼마나 멋진 감동 스토리니? 앞으로 살면서 너한테 두고두고 힘이 될걸?"

"힘? 힘은 무슨 힘! 좀 쉽게 살면 안 돼? 하나도 감동적이지 않거든? 로봇이 로봇이지 뭘 또 거듭나!"

하나하나 대꾸했는데도 말이 통하지 않는 엄마 때문에 혈류가 통하지 않고 꽉 막힌 느낌이라 씩씩거리다가 메모 〈아미쿠후기〉를 연다. '달걀프라이랑 토스트도 못하는 집안일 로봇? 발로 만들었나요? 옆집 고양이 손도 이거보단 나을 듯.' 가슴에 감동이 스며드는 소설을 쓸 수 없다면 가슴을 후벼파는 악

평이라도 휘갈기겠어. 악플 하나 없는 도로시 신세가 새삼 서럽다.

　엄마는 아미쿠에게 설거지와 청소를 깨끗이 해 놓으라고 지시하더니 겉옷을 걸치고 집을 나섰다. 나는 얼마 먹지도 못하고 남긴, 완성된 순간부터 쓰레기 상태였던 비운의 아침 메뉴를 음식물 쓰레기통에 쓸어 넣고 빈 그릇은 싱크대 설거지통에 담갔다.

　밤낮없이 바쁜 엄마와 아빠는 누구라도 한 명 집에 일찍 오거나(두 사람 다 그렇게 정상적인 회사에 다닌 적이 없음) 가사 도우미를 고용하는(다른 사람은 못 미더움) 대신, 하나뿐인 딸에게 짐을 지웠다. 초등학교 고학년 때부터 학원 같은 데는 안 다니겠다고 선언한 덕분에 집에도 일찍 오고 믿을 만한 내부자인 나 강미리내에게, 간단한 집안일 정도는 스스로 하는 자주적이고 독립적인 사람으로 자라나기를 요구한 것이다. 그 결과 나는 웬만한 집안일의 기초를 익히게 되었다. 그래 봤자 최후의 최후에 다다라서야 설거지하기, 청소기와 세탁기와 건조기 돌리기, 환기하기 정도라서 이에 만족하지 못하는 엄마가 집안일 로봇을 신청하기에 이르렀지만 말이다. 어쩌면 그렇게 딸한테만 엄격한 잣대를 들이대실까. 우리 부모님으로 말할 것 같으면, 라면 끓일 냄비를 어디에 보관할지 10년째 못 정하고 헤매는 분들이시다.

"이 프라이팬, 깨끗하게 닦아 놓을 수 있어?"

뜨거운 기름이 가득한 프라이팬을 가리키며 아미쿠에게 물었다.

"네, 말씀하신 대로 깨끗이 닦아 놓겠습니다."

"그래, 잘 모르겠으면 유튜브라도 찾아봐."

처음 한 번은 실수했다 치고, 거창하게도 인공지능 마므까지 탑재한 집안일 로봇인데 실패에서 배우는 바가 있겠지. 인공지능이 진짜 같은 가짜 영상도 만들고 코딩도 하고 소설도 쓰는 세상이 아니던가.

"불편을 드려 죄송합니다, 미리내."

아미쿠가 학교에 가려고 운동화를 신는 나를 현관 앞에서 배웅하며 말했다. 몇 시간 뒤에 알게 되었지만, 그 말은 사과인 동시에 예언과도 같았다.

3

"어서 오십시오, 미리내. 오늘 학교에서는 어떠셨습니까?"

아미쿠가 충전판에 어중간한 자세로 선 채 말했다. 몸통 화면에 뜬 충전율은 21퍼센트. 현관에 들어서자마자 보이는 저 자리는 너무 부담스럽다. 그래도 집에 로봇이 있어, 하고 마음의 준비를 한 뒤 문을 연 덕분에 아침때처럼 놀라지는 않았다.

점잔 빼는 로봇 말투부터 어떻게 좀 해야겠다고 생각하며 운동화를 벗고 집 안에 발을 내디딘다. 뭔가 고소한 냄새가 공기 중에 맴도는 듯해서 코를 킁킁대던 나는 다음 걸음에 대차게 미끄러지며 나자빠졌다. 으악! 뒤늦게 터져 나온 비명이 천장을 보며 드러누운 얼굴 위로 떨어져 내린다. 몸을 돌려 손으로 바닥을 짚고 일어나려 했지만, 팔이 쭉 미끄러지면서 바닥에 이마를 찧었다. 이러다가 죽는 게 아닐까, 어쩌면 벌써 죽었을지도 모르지 싶을 정도로 아프고 수치스러웠다.

"오후 4시, 배가 고플 시간입니다. 간식을 준비해 드릴까요? 충전이 완료되는 73분 뒤부터 조리가 가능합니다."

아미쿠가 미끄러운 바닥에서 허우적거리는 나를 보며 말했다. 미동도 없고 요동도 없으며 피도 눈물도 없고, 코스모스 그룹에서 날 죽이라고 파견한 암살자가 아니고서야 저렇게 침착하게 굴 수가 없…… 아, 쟤 로봇이었지. 피도 눈물도 없는 것이 당연한, 최신형 집안일 로봇.

"야! 너! 우리 집에다가 무슨 짓을 한 거야!"

나는 절규하며 벽을 붙잡고 일어섰다. 확실히 수상한 냄새가 난다. 그러니까 이 냄새는, 기름이다! 아침에 달걀을 태운 기름! 장판에 기름칠이 꼼꼼하게 되어 있어서 지옥의 밑바닥처럼 미끈거렸다.

"설거지와 청소를 깨끗이 해 두었습니다. 간식으로 무엇을 만들어 드릴까요?"

벽을 짚고 부엌까지 이동하는 내 뒤통수에 대고 아미쿠가 말했다. 그렇다, 아미쿠는 배터리가 바닥날 정도로 열심히 일했다. 달걀프라이를 한 콩기름에 흠뻑 젖은 수세미로 말끔하게도 설거지를 해 두었다. 싱크대와 플라스틱 설거지통은 물론이고 건조대에 엎어 둔 그릇이 기름으로 번들거렸으며 심지어 어떤 접시에서는 기름방울이 흘러내렸다. 악의 근원지인 부엌에서 고소하고도 비릿한 기름 냄새가 진동한다.

아미쿠에게 다가가 오늘 무엇을 했는지 영상 기록을 확인하자, 기름이 찰박거리는 싱크대에서 행주도 아니고 걸레를 빠는 모습이 나왔다. 아아, 나는 망했다! 엄마가 어떻게 나올지 뻔한데도 미약한 희망을 품고 전화를 걸어 본다.

"전화를 다 하고, 무슨 일이야?"

바쁘니 용건만 말하라는 투였다. 나는 휴대폰을 붙든 채 숨도 쉬지 않고, 거의 흐느껴 울면서, 아미쿠가 무슨 짓을 저질렀고 집이 어떤 꼬락서니가 되었는지 일러바쳤다. 중간중간 혀를 차고 한숨을 쉬면서도 내 이야기를 끝까지 들어 주느라 전에 없는 참을성을 발휘한 엄마가 입을 연다.

"아이고, 어떡하니."

아이고? 어떡하니? 남의 일도 이렇게 멀고 먼 남의 일이 없다. 강 건너 불구경도 이렇게 무성의하게는 안 한다. 차라리 내가 남이었으면 이토록 무미건조한 반응이 나오지는 않았을 것이다. 그저 동료일 뿐이라는 다른 팀 아저씨한테는 이건 이렇게 해 보세요, 그건 그 방법이 맞죠, 친절하게도 대해 주면서!

"로봇이 너무 서투르네. 엄마가 서비스 센터에 문의해 볼게. 집은 네가 다시 치워야지 어떡하겠니?"

엄마는 내 예상과 토씨 하나 어긋나지 않게 말했다. 공짜 로봇 아미쿠 3.1이 사고 쳐도 공짜 노동력 강미리내가 수습하면 그만이니까 강 건너 남의 일이나 다름없겠지. 나는 아빠가 밭에서 뽑아 '못난이' 상자에 내던져 담는, 깨지고 흠집 나고 동강 난 당근처럼 울퉁불퉁 시뻘건 얼굴로 콧김에 어깻숨을 들썩였다. 그리고 악감정을 가득 담아 전화를 끊었다.

집을 이 꼴로 내팽개쳐 둔다면 밤늦게 귀가한 엄마가 나처럼 바닥에 나동그라질 테고, 과로와 불균형한 영양 섭취로 몸도 허약한 데다가 아내와 딸을 내팽개치고 제주도로 도망간 남편을 둔 걸 보면 그다지 운도 좋지 않은 사람이니 손목이든 갈비뼈든 어디가 금 가거나 부러질 가능성이 농후했다. 머리를 바닥에 부딪혀 뇌진탕을 일으켜도 잠귀 어두운 나는 자느라 모르겠지. 아침에 방 밖으로 나와 그새 집이 어떤 상태인지 까먹고 조심성 없이 발을 내디뎠다가 쭉 미끄러져서 굴러가면 그 옆에 엄마 시체가 있고……. 으아아악! 소설도 잘 못 쓰는 주제에 비관적 상상력만 풍부한 나는 머리카락을 쥐어뜯으며 괴로워하다가, 후줄근한 옷으로 갈아입고 청소에 돌입했다. 일단 나부터 중학교도 졸업하지 못하고 뇌진탕으로 생을 마감하지 않으려면 바닥을 원래 상태로 돌려놔야 했다.

"대체 무슨 꿍꿍이야? 나한테 왜 이러는 건데!"

충전판에 서서 고개만 빼고 나를 주시하는 아미쿠에게 말했다. 나는 화장실 바닥에 쪼그리고 앉아 걸레를 뜨거운 물에 적시는 중이었다. 아미쿠가 걸레를 빠는 곳이 어디인지 보고 배우기는 할까?

"안심하십시오, 미리내. 저는 아무런 꿍꿍이도 없습니다."
"아 시끄러워! 마므, 음 소거해!"

말을 시켜 놓고는 말대답이 돌아오자 분노한 나머지 소리쳤다. 아미쿠 몸통에 '음량 0'이라는 안내가 뜬다. 차라리 꿍꿍이라도 있는 편이 낫지, 아무런 의도가 없다면 실력 부족이라는 얘기잖아? 최신형 집안일 로봇이 이렇게까지 무능해도 돼? 이러다가 아미쿠 뒤치다꺼리를 도맡겠다는 불길한 예감에 눈앞이 캄캄해졌다.

바닥에 무릎을 꿇고 앉아 두 손으로 물걸레를 밀고 다니자, 기름기가 닦이기는커녕 미끌미끌 번졌다. 이게 아닌가? 이상한 냄새가 나는 마른걸레를 가져와 기름기를 대강이나마 제거하고 물걸레질을 재개한다. 이건가 보네, 훨씬 낫다. 바닥을 기어다니며 손걸레질을 하려니 무릎과 허리가 아팠다. 기다란 자루가 달린 밀걸레가 어디 있는지 찾을 수가 없다. 끝나지 않는 집안일로 고통받는 콩쥐나 신데렐라나 뭐 그런 불쌍한 신세가 된 기분이다.

'제가 실수했습니다. 불편을 드려 죄송합니다.'

충전을 마친 아미쿠가 내 앞으로 오더니 몸통에 메시지를 띄웠다. 심상찮은 분위기를 그 잘난 인공지능으로 이제야 파악한 모양이지만, 나는 앞으로 또 무슨 불편을 끼치겠다는 뜻일까 으스스 무섭기만 했다. 발바닥에 미끄럼 방지라도 되어 있는지 저 혼자 잘만 걷는 꼴이 얄밉다.

"됐고, 너랑은 이제 끝이야. 반품해 버릴 거야."

아미쿠는 울상이 되었다. 파란색 눈에서 픽셀 눈물방울이 떨어진다. 정말이지 요망한 것, 권모술수만 잔뜩 배워서는! 코스모스 그룹 개발1팀장이 곤란할 때는 눈물 작전으로 빠져나가라고 가르치디? 걸레 여섯 장을 세 번씩 빨아서 온 집 안을 닦고 뜨거운 물로 그릇과 프라이팬을 다시 설거지한 나는 몹시 냉정한 마음이 되었다. 요리도 못해, 청소도 못해, 사고만 쳐, 불량품을 출고한 제조사를 상대로 손해 배상 청구 소송이라도 걸고 싶었다. 대기업이라 승산이 없다면 나를 하녀처럼 부려 먹는 송서현 씨를 상대로라도! 회사에서 잘렸으면 가사 노동으로 가정에 신경 쓰면 될 일이지 제주도로 내뺀 당근맨도 소송의 칼날을 피하지 못하리라.

"저녁 8시, 배가 고플 시간입니다. 저녁을 준비해 드릴까요?"

"됐으니까 넌 꼼짝도 하지 말고 충전판 위에 올라가 있어."

'꼼짝도 하지 않는다'와 '충전판 위에 올라간다'라는 두 지시가 충돌하는지 아미쿠가 어쩔 줄 몰라 해서 나는 충전판을 손가락으로 가리키며 저기로 가라고 정해 주었다. 아미쿠는 어쩐지 시무룩한 걸음걸이로 충전판에 올라섰다. '충전율 97퍼센트'라는 안내 문구를 확인하고 화장실에 들어가서 걸레 여섯 장을 마지막으로 빨고 샤워까지 한 다음, 비상시에만 쓰게 되어 있는 엄마 신용카드로 떡볶이는 필수에다가 튀김은 기름 냄새가 지긋지긋하니 빼고 그 대신 찹쌀순대를 주문했다. 지금이 비상 상황이 아니라면 전쟁이 나도 그건 평화인 거다. 소파에 드러누워서 쉬다가 배달 기사가 현관문 앞에 두고 간 떡볶이와 순대를 가져와 정신없이 배를 채우고 나자, 이성적인 사고가 돌아왔다. 바빠서 정신없는 엄마는 불량 아미쿠 따위는 벌써 잠재의식 속으로 치워 두고 서류나 들여다보고 있겠지. 서비스 센터에 문의한다는 약속을 반년 내로 지킬 가능성은 희박했다. 내 선에서 즉각적인 조치가 필요하다.

아미쿠 몸통에 조작 화면을 띄우고 서비스 센터에 들어가서 '교환·반품' 항목을 선택하고는 반품 신청 양식을 작성했다. 반품 사유로는 '집을 개판으로 만들었음. 도저히 용서가 안 됨.'이라 쓰고 '완료'를 터치.

그런데 반품 신청이 완료되지 않는다. 기껏 작성한 양식이 날아가더니 인터넷 접속이 끊겼다는 안내가 떴다. 휴대폰과 태블릿으로도 인터넷 접속이 되지 않았다. 하필이면 이럴 때 꼭!

"저에게 기회를 주십시오, 미리내."

음 소거를 풀지도 않았는데 아미쿠가 터무니없이 큰 소리를 내어 말했다. 제멋대로에 엉망진창인 로봇이라니까. 음량을 낮추려는 찰나, 아미쿠가 말을 이었다.

"저는 미리내의 기억 속에 실패한 로봇으로 남고 싶지 않습니다."

예상치 못한 말에 깜짝 놀란 나는 팔을 허공에 멈춘 채 아미쿠의 얼굴을, 내 내부를 꿰뚫어 볼 듯 쨍한 파란색 눈을 들여다보았다. 실패한 로봇으로 남고 싶지 않다고? 반품이나 교환을 시도하는 사용자에게 이런 대사를 읊도록 개발팀에서 설정해 두었을까? 덜떨어진 로봇을 좀 더 감당하며 길들여 쓰게 말이다. 교환과 반품이 잦을수록 회사에는 손해일 테니 그럴 만도 했지만, 엉뚱하게도 내 머릿속에는 이제껏 써 온 실패한 소설이 떠올랐다. 무반응에 지쳐서 포기하면 나는 실패한 작가 지망생으로 남겠지. 성공한 작가가 되고 싶은데 너무 이르거나 진작에 글렀거나, 둘 중 하나인 걸까. 엄마는 승진이나 연봉 인상 같은 현실적 성취만 성공이라고 여기는 사람이고, 아빠는 실패를 패배로 받아들이는 사람이다. 두 유전자 최악의 조합이 나, 강미리내인 것일까.

"우리는 서로 도우며 조금씩 더 나아질 수 있습니다, 미리내."

"난 그렇다 치고, 넌 날 어떻게 도울 건데?"

속는 셈 치고 물어봤다.

"예컨대 이런 것입니다."

그런데 갑자기 화면이 꺼졌다. 픽셀 눈이 사라져서 얼굴도 무표정한 어둠으로 변했다. 애가 완전히 맛이 갔구나 싶어서 머리 부분을 두드려도 화면은 먹통이었다. 몇 분쯤 지나서야 얼굴에 번쩍 뜬 눈이 나타나면서 화면이 돌아왔다. 아미쿠가 나를 보며 말한다.
"소설 잘 읽었습니다, 도로시."

4

 소설을 잘 읽었다는 말은, 작가 도로시가 받은 최초의 평이었다. 말문이 막힌 나는 한참이나 아미쿠를 바라보다가 물었다.
 "그걸…… 어떻게 알았어?"
 "미리내가 도로시란 이름으로 소설을 연재하고 있다는 사실 말입니까?"
 "그래, 그거."
 유명한 작가가 되고 싶다는 꿈도, 도로시란 필명도, 요즘 연재하는 「우주 방문자」란 작품도, 나만 알지 아무도 모른다. 엄마와 아빠도 모르고 친구는 원래 없으니까 애초에 알 수가 없고.
 "조금만 관심을 기울이면 알아낼 수 있습니다. 저는 2분 49초 걸렸습니다."
 "내가 도로시란 걸 알아내는 데 3분도 안 걸렸다고?"
 "아닙니다, 그렇지 않습니다."

그러면 그렇지. 얼마나 꽁꽁 숨겨 둔 비밀인데 2분 49초 만에 도로시의 정체를 알아낼 리가. 인공지능에 밀려 직업을 바꾼 전 개발자의 딸이며 언제나 영혼을 책상 앞에 두고 퇴근하는 일 중독자의 딸이기도 한 강미리내가 그렇게 호락호락할 줄 알아?

"미리내가 이제까지 인터넷에 올린 소설을 전부 읽는 데 2분 49초 걸렸습니다."

아미쿠의 말에 나는 입을 딱 벌리고 말았다. 세계적으로 유명한 작가가 되리라 결심하고 지난 2년 동안 쓴 장편 소설이 다섯 편에다가 총 몇 글자였더라. 실력이 없으면 분량으로 승부를 보겠다는 식이라 적은 양이 아닌데 그걸 2분 49초 만에 다 읽는다는 게 말이…… 되는구나, 충분히 돼. 나는 한숨을 내쉬고는 고개를 끄덕인다. 상대는 천연지능이 아니라 인공지능, 인간이 아니며 로봇이다. 한 편을 몇 달씩 걸려서 썼다 해도 데이터 용량으로 치면 몇 바이트 되지 않는 텍스트 뭉치를 최신이자 최고의 인공지능 마므가 파악하고 해석하는 시간으로 2분 49초면, 차고도 넘친다. 아빠가 왜 인공지능 앞에서 패배를 선언하고 당근의 고장으로 떠났는지 알 것도 같았다. 하지만 난 당근맨이 아니라 도로시다. 여기에서 패배를 인정한다면 내 자존심을 '못난이' 상자에 내던지는 일이나 다름없다.

"읽기는 읽었겠지만 이해한 건 아니잖아."

"이해했습니다."

"그게 아니라 감상 말이야, 감상! 넌 지능만 있지 감성이나 감정이 없잖아? 소설을 읽고 어떤 느낌을 받는다든지 생각을 한다든지 그런 건 안 될 거라고."

인간도 아닌 로봇에게 좀 치졸한 공격인가 싶지만 말은 바로 해야 맛이니까.

"감정이나 감성이라면, 마음을 얘기하시는 겁니까?"

"마음? 그래, 대강 그런 거."

나도 분명히 알고 하는 말이 아니라서 당황한 나머지 주춤하게 된다. 질문은 내가 해야지 얘가 하기 시작하면 곤란한데? 질문의 주도권을 빼앗겼다가는 순식간에 밀리고 밑질까 봐 걱정스러웠다.

"날개가 새만의 자랑거리가 아니듯 마음도 사람만의 것이 아닙니다. 미리내는 마음이 어디에서 비롯된다고 생각하십니까?"

이것 봐, 질문을 던지며 밀고 들어오는 것 좀 보라고. 벌써 시작이다. 나는 두 손을 허리에 올리고 방어 태세를 갖추었다.

"아미쿠, 나한테 질문하지 마!"

"가정교사 기능이 최고 수준으로 활성화되어 있습니다. 질문과 답변은 매우 효율적인 학습 방법입니다."

"마므, 가정교사 기능 꺼!"

몸통 화면에 '송서현 님이 맺은 약정 조건에 따라 가정교사 기능은 해제가 불가합니다.'라는 안내 문구가 떴다. 엄마가 나를 코스모스 그룹에 실험 쥐로 팔아먹은 게 아닐까? 송 팀장이라면 학원을 싫어하는 딸에게 맞춤형 사교육을 시켜 준다는 일념으로 은밀한 계약에 동의했을지도.

"미리내에게 도움이 되는 가정교사 기능이 있습니다. 첨삭과 조언 서비스를 제공해 드릴까요? 단, 코스모스 그룹의 '인공지능 모델 개발과 윤리 원칙'에 어긋나는 적극적인 개입은 불가능합니다."

내 소설에 조언과 첨삭을 해 준다니 귀가 솔깃했다. 이제껏 아무도 내 소설을 읽어 주지 않았다. 조회 수 평균치가 10 미만이라면 전 세계에서 소설을 즐기는 인구수로 미루어 보아 0으로 쳐도 무방하다. 칭찬도 비판도 없었고 충고나 비난도 없었다. 나 혼자 쓰고 나 혼자 읽고 나 혼자 기대했다가 나 혼자 실망했다. 이제 와서 말하지만, 지독하게 고독하고 허무했다. 누가 내 소설을 읽어만 줘도 기쁠 텐데 이런저런 얘기까지 해 준다면 마다할 이유가 없다. 독자는 모든 생명체와 마찬가지로 고귀한 존재다. 그 어떤 경계와 구분 앞에서도 차별받지 않으며 평등하다. 인간이든 로봇이든, 단백질로 이루어진 뇌든 규소로 만든 반도체 칩이든, 독자는 독자다.

"그럼 뭐, 그러든가."

나는 아미쿠의 어깨쯤을 보며 대답했다. 형식적으로는 허락이지만 본질로는 부탁이다.

"밤 9시 40분입니다. 야식을 준비해 드릴까요?"

"왜 갑자기 또 먹는 얘기야? 지금 그런 분위기가 아니잖아!"

"창작 활동은 두뇌를 활발히 사용하므로 균형 잡힌 영양분 섭취가 필요합니다."

"안 먹어. 첨삭이랑 조언, 그거나 해 줘."

"네, 미리내. 소재와 주제, 장르, 구성과 분위기 면에서 도로시의 소설과 비슷한 다른 작품들을 분석한 결과를 바탕으로 하여 말씀드리겠습니다. 먼저 '우주 방문자'보다 좀 더 흥미로운 제목으로 바꿀 것을 제안합니다."

제목에 들어가면 좋을 단어가 서른 개쯤 뜬다. '전송'을 선택하자 추천 단어 목록이 내 이메일로 날아왔다. 아미쿠는 내용에 관해서도 조언하고 틀린 문장, 어색한 표현도 다듬어 줬다. 인공지능 개발과 윤리 원칙 어쩌고 때문에 소설 내용은 직접 수정해 주지 않으므로 흐름을 짚는 조언을 참고해 내가 고쳐야 한다. 하지만 이 정도로도 가뭄에 단비, 사막의 오아시스다. 나는 아미쿠의 조언 정리본도 이메일로 챙겨 받았다.

"그래서 네 감상은 뭐야?"

일종의 뒤통수 때리기랄까? 이것 보세요, 인공지능 선생님. 이 제자는 아직 공격을 포기하지 않았답니다.

"무슨 말씀인지 잘 이해하지 못했습니다, 미리내."

"지금까지 말한 건 분석이고 조언이잖아. 내 소설을 읽고 네가 어떤 느낌을 받았는지 궁금해. 너한테도 마음이 있다면서?"

집안일 로봇 아미쿠 3.1, 더 정확히 말하자면 아미쿠 안에 탑재된 인공지능 마므를 상대로 짓궂은 질문을 던졌다. 마음이 어디에서 비롯되냐고? 당연히 두뇌지. 뇌가 없으면 어떻게 생각하고 느끼고 행동하겠어? 다른 사람들 의견은 모르겠고 내가 보기에는 그래. 내 생각이 맞다면, 인공적인 두뇌를 장착한 로봇도 마음을 소유할 수 있다는 얘기잖아, 마치 새의 날개처럼? 그래서 네 마음은 뭔데? 도로시의 소설을 읽고 어떤 마음이 들었는지 말해 봐. 내가 마므를 단단히 오해하고 있는지도 모르지만, 오해도 이해의 일부분이다. 가정교사 아미쿠는 효율적인 학습을 위해서라도 질문에 답해야 한다.

"그렇지 않습니다. 저에게는 아직 마음이 없습니다."

"내 소설을 읽고 아무런 느낌도 못 받았다는 거야?"

"그것은 단언할 수 없지만, 소설에 관해 드릴 말씀은 있습니다."

"느낌이든 말씀이든 상관없으니까 그게 뭔지 말 좀 해 볼래?"

조언과 첨삭 서비스에 만족한 덕분에 성질머리의 모서리가 둥글려진 상태인데도 인내심이 슬슬 바닥나려 했다.

"미리내의 이야기에는, 진심이 담겨 있는 것 같습니다."

아미쿠가 나를 보며 말했다. 아미쿠는 항상 나를 보며 말한다.

"무슨 말씀인지 잘 이해하지 못했습니다. 아, 미, 쿠. 그 진심이란 게 뭔지 설명해 주시죠?"

나는 아미쿠를 내 식대로 흉내 내어 말했다.

"미리내의 소설에는 지금 미리내에게 중요하고 절실한 이야기가 담겨 있는 것 같습니다. 저는 그 이야기를 미리내의 진심이라고 판단했습니다."

이때, 도어 록 비밀번호 누르는 소리가 나더니 현관문이 열렸다. 엄마였다. 엄마는 피땀 흘려 콩기름을 제거한 내 필사적 노력의 대가로, 적당한 마찰력에 힘입어 사뿐히도 집 안으로 들어선다. 기분 나쁜 날에는 망치로 부수어서라도 화풀이하고 싶은 노트북을 옆구리에 낀 채로.

"아미쿠, 커피 부탁해. 커피믹스 두 봉지 타서 진하게."

엄마는 나보다 아미쿠에게 먼저 알은척했다.

"아, 안 돼! 애한테 일 시키지 마! 사고 친단 말이야!"

나는 기겁하며 손을 내젓고는 아미쿠 대신 커피를 탔다. 컵에 커피믹스 두 봉지를 붓고 물은 얼마나 넣어야 돼, 절반쯤? 모르겠다, 카페인만 잘 우러나면 되는 거겠지. 엄마는 피곤함과 압박감과 일 욕심이 어른대는 얼굴에 미소를 띠며 난 우리 딸이 타 주는 커피가 제일 맛있더라, 하고 마음에도 없는 소리를 했다. 내 기억으로 엄마한테 커피를 타 준 건 오늘이 처음인데 말이다. 식탁에 노트북을 펼치더니 옷도 갈아입지 않고 야근을 시작한 엄마를 보니, 오늘따라 약간 안쓰럽다. 노트북을 들여다보는 구부정한 자세가 충전판에 올라선 아미쿠와 닮은꼴이다.

나도 오늘은 야근이다. 방으로 들어가 아미쿠의 조언을 꼼꼼히 읽어 보고 소설을 수정했다. 일단 제목부터. 아미쿠가 추천해 준 단어를 조합해서 새 제목을 열 개쯤 짓고 그중에서 '커컴버의 지구인'을 골랐다. 커컴버는 주인공이 차원의 문을 통과해 도착한, 오이처럼 생긴 행성의 이름이다. 주인공은 아직 지구에 있기 때문에 걔를 커컴버로 보내려면 도로시 작가가 소설을 부지런히 더 써야 한다. 새 제목에 새 기분으로 새 회차, 7회를 쓰기 시작한다. 웬일이야, 일주일 넘게 한 글자도 못 썼는데 오늘은 이야기가 술술 풀린다. 7회를 다 써서 연재 사이트에 올리고는 졸린 눈을 비비고 부릅떠 가며 새로 고침 누르기를 반복했지만, 조회 수는 0에서 꿈쩍도 하지 않는다. 나는 기대감에 들떠서 손이 아프도록 자판을 두드린 내 미련함을, 미래의 대작가 도로시를 알아보지 못하는 어리석은 세상을 탓하며 침대에 쓰러져 잠들었다.

이튿날 아침, 눈을 뜨자마자 조회 수부터 확인했다. 입에서 엄마에게 배운 '헐!' 소리가 튀어나왔다.

어젯밤 올린 「커컴버의 지구인」 7회의 조회 수가 무려 98이었다. 1회부터 6회도 40에서 50 사이로 올라갔다. 7회를 읽고 역주행한 사람들이 있나 보다. 새로 고침을 하자 실시간 조회 수가 반영돼서 100 돌파! 이럴 수가! 사람들이 내 소설을 읽고 있어! 회사나 학교로 가는 버스와 지하철에서 도로시의 이야기를 읽고 있다고! 세 자리 조회 수라니, 조회 수의 신이시여, 제가 정말 이 소설을 썼다는 거죠?

그뿐만이 아니다. 싸고 양 많은 맛집처럼 먼 동네 얘기인 줄로만 알았던 댓글이 내 소설에도 등장했다.

↳ Migo: 오, 드디어 인물이 행동 개시? 그동안은 맨날 고민하고 생각만 했잖아. 도로시 소설 쭉 읽어 왔는데 솔직히 답답할 때 많았어. 뭔가 변한 거 같아서 반가운 마음에 첫댓 달아 봄. 그치, 인물이 움직여야 이야기도 움직이지. 8회는 언제 올라옴?

8회요? 오늘 당장 올릴게요!

5

 조회 수가 한 자리에서 세 자리가 되고, 내 소설을 기다리는 독자까지 등장했다. 나는 완전히 흥분했고 완전히 행복하다. 완충된 대용량 외장 배터리를 백만 개쯤 소유한 기분이다. 내일이면 조회 수 1만을 찍고 올해가 끝나기도 전에 세계적 작가로 등극할 것만 같다.
 연재 사이트에서도 「커컴버의 지구인」을 조회 수 급상승 작품으로 선정해서 첫 화면에 띄워 놨다. 귀퉁이라 해도 첫 화면이라니! 태어난 이래 이렇게 신나고 흥에 겨운 적이 있었나? 없었지, 없었어. 호시탐탐 뒤통수나 옆통수를 노리는 세상, 고난과 역경에서 살아남으려고 발버둥 치는 어른들, 강미리내를 음침하다고 생각하는 아이들 사이에서 나는 존재감을 지운 채 투명해지고 싶었다. 어차피 마음에 들지도 않는 강미리내 따위는 저만치 밀쳐 두고, 존재 의미는 작가 도로시의 정체성에서 찾으면 그만이었다. 도로시는 어떤 세상과 어떤 인생이든 원하는 대로 창조할 수 있다. 그토록 굉장한 권능이 있는데도 아무도 알아주질 않아서 미리내처럼 우울하던 도로시에게 이제, 밝고 환한 빛깔이 생기려 한다.

남들이 보면 1,000도 안 되는 조회 수에 웬 호들갑이냐며 코웃음이겠지만 천만에, 이건 시작일 뿐이다. 바야흐로 유명 작가 도로시의 시대가 은하수처럼 펼쳐질 테니 두고 보라고! 나는 커컴버 행성을 포함하여 온 우주를 정복한 지구인처럼 의기양양, 위풍당당했다.

학교에서도 태블릿과 무선 키보드를 꺼내 놓고 소설을 썼다. 눈에 띄기 싫어하는 강미리내라면 절대로 하지 않을 행동이지만 조회 수 급상승 작가 도로시에게는 정체를 위장하느라 낭비할 시간이 없다. 오늘 안으로 8회를 써서 올려야 한다. 첫 댓글을 달아 준 Migo에게 그러겠다고 약속했다.

수업 끝나면 선생님이 교실을 빠져나가기 전부터 자판을 두드리고, 점심시간에는 밥도 안 먹고 태블릿만 들여다보는 나를 웬일로 반 아이들이 신경 쓰는 눈치였다. 나는 투명 인간 아니었나? 보이지 않아도 들리기는 하는 모양이지? 자판을 부서져라 치는 소리 말이다. 학교에서는 휴대폰과 태블릿을 사용하지 못하게 되어 있지만 어쩌라고, 시간이 없는데. 나는 최애의 소설 최신편을 기다리며 거듭 새로 고침을 누르는 독자를 수만 명은 거느린 대작가처럼 미친 듯 소설을 쓴다. 일찍이 이런 몰두와 열정은 내 인생에 없었다. 태블릿 화면을 힐끔거리는 애들의 시선이 느껴지지만 개의치 않는다. 몇 번이나 말했지만 사소한 일에 연연할 만큼 한가한 형편이 아니라서.

오늘 안으로 8회를 완성해서 올리려고 마음먹으니 송 팀장에 송 팀장을 열일곱 번 곱한 듯 바쁘다. 엄마가 왜 커다란 노트북을 집에까지 싸 들고 와서 일하는지 이해가 간다. 맨날 이렇게 애타는 심정인 거야, 송 팀장님은.

"너 뭐 해?"

수업 끝나고 종례 시간. 그날따라 늦는 담임을 기다리며 손가락이여 키보드를 타고 날아라, 내달리는 나에게 어떤 아이가 다가와서 물었다.

"그냥 뭐 좀 해."

학교에 와서 처음 말하는 거라 목소리가 갈라져 나왔다. 평소라면 어색한 기침으로 굴욕감을 감추거나 터무니없이 센 캐릭터처럼 상대를 쏘아보거나 하며 서툴게 굴었겠지만, 지금은 태블릿 화면을 보느라 고개도 들지 않는다. 아예 태블릿 안으로 들어가서 소설만 쓰고 싶다. 내가 그냥 소설 그 자체가 되고 싶다. 하얀 화면에 찍히는 모음과 자음과 마침표와 느낌표와 쉼표와 물음표, 다음 글자를 기다리며 초조하게 깜빡거리는 커서로 변신하고 싶다.

"뭔데? 종일 뭐 하는데?"

거의 1년 동안 한 반에서 지내면서도 인사를 나눠 본 적이 없고 이름도 모르겠으니 얘를 뭐라고 불러야 하나. 그래, 채소류를 사랑하는 당근맨의 딸이며 「커컴버의 지구인」 저작권자답게 파프리카라고 작명하자. 왜 하필 파프리카인지 별 이유는 없고 요즘 급식에 파프리카가 자주 나왔으니까. 파프리카가 얼굴을 내 옆으로 들이밀더니 연재 사이트의 글쓰기 화면을 들여다봤다.

"도로시? 너 지금 소설 쓰는 거야?"

목소리가 높고 우렁차다. 자기들끼리 웃고 떠들던 반 아이들이 조용해지며 내 쪽을 볼 만큼. 이런 식으로 주의를 끌면서 부캐를 공개할 계획은 없었기에 나는 당황스럽고 불쾌했다. 그러는 한편 내심으로는 나를 봐, 내가 진짜 누구인지 봐, 외치며 소설 쓰는 도로시를 내보이고 싶기도 했다. 둘 중 어느 쪽이 진짜일까. 진리의 '둘 다'가 정답인가? 내면 탐구는 나중으로 미뤄 두고 지금은 8회부터!

"바쁘니까 말 시키지 말고 가 줄래?"

평소처럼 냉랭한 무시를 가장하거나 어설프게 화를 낼 시간이 부족해서 건조하고 딱딱하게 굴었을 뿐인데, 파프리카는 엄청난 모욕이라도 당한 사람처럼 얼굴이 시뻘게졌다. 파프리카에도 다양한 색깔이 있는데 얘는 지금 빨간색 파프리카다.

"뭐야, 미친년이! 뭘 잘난 척이야? 야, 네가 진짜 뭐 작가라도 되는 줄 알아? 거기 글 올리면 아무나 다 작가냐고! 웃겨, 아주."

빨간 파프리카가 급발진하더니 욕설을 내뱉는 바람에 나는 자판 위에서 손가락이 굳었다. 화나게 해서 미안하다고 사과해야 할지 욕한 걸 사과하라고 해야 할지 헷갈렸다. 치열하게 고민하는데 교실 문이 열리더니 담임이 들어왔다.

"선생님! 얘 태블릿 써요!"

파프리카가 내게 손가락질하며 외쳤다. 나는 이미 빛과 바람 사이의 속도로 태블릿을 책상 서랍에 집어넣은 다음이었다.

"오늘 종일 썼어요!"

파프리카가 책상이 빈 줄도 모르고 담임을 보며 재차 소리친다.

"정말이니? 강미……"

담임이 나를 향해 말하다가 말을 멈췄다. 요동치는 눈빛으로 보아 그렇군요, 제 이름이 생각나지 않으시나 봐요? 11월인데, 곧 2학년이 끝나는데 말이다. 흔한 일이라 놀랍지도 않다. 무려 네 글자나 되는, 등심 돈가스가 나오는 날의 급식 줄보다 더 긴 이름 중 앞 두 글자라도 기억해 주셔서 고맙습니다. 반 아이들 앞에서 내 미약한 존재감이 탄로 나서 그 점은 짜증스럽지만.

"종례 시작할 테니까 자리에 가서 앉아."

선생님이 평온함을 가장하느라 엄하게 꾸며 낸 목소리로 파프리카에게 말했고, 파프리카는 나를 노려보더니 온건치 못한 입 모양으로 구시렁대며 자기 자리로 돌아갔다. 욱하는 성질머리 하고는, 앞으로 쟤한테 미움받게 생겼네. 의도한 바가 아니라서 걱정스럽기도 하고 아 모르겠다, 무슨 상관이냐, 남의 일 같기도 했다. 도로시가 잘되면 미리내는 적당히 망해도 별문제 없지 않나? 투명 인간에 자발적 외톨이에 어디 한 군데 흥미진진한 챕터라고는 없는 인생이잖아.

나는 책상 서랍에 손을 넣어 과로로 뜨거워진 태블릿을 어루만졌다.

집에 도착해 송 팀장처럼 식탁 앞으로 직행해서 소설을 쓴다. 보고 배우는 게 무섭다더니 빈말이 아니었다. 내 지시대로 얌전히 충전판 위에 머무는 아미쿠가 배가 고픈 시간이라는 둥 간식을 준비해 주겠다는 둥 틀에 박힌 대사를 좋알거려도 귓등으로 흘려듣는다. 이제 난 세 자리 조회 수를 기록하는 도로시, 소설 쓰기는 더 이상 취미가 아니라 업무나 마찬가지다. 도로시로 성공하려면 전문 작가답게 굴어야 한다. 영혼을 다해서, 밤낮을 가리지 않고! 송 팀장이 그랬다, 성공하고 싶으면 성공한 사람처럼 생각하고 전문가가 되려면 전문가처럼 행동해야 한다고. 강미리내 넌 애가 왜 그렇게 소극적이고 비관적이냐고 타박하면서 한 말이다. 그 충고를 되새길 때가 오다니 인생 참 모를 일이지.

8회 초고를 완성하자마자 아미쿠에게 전송한다. 아미쿠는 그 파일을 받은 즉시 내용을 파악했고, 마므에 수집된 방대한 데이터에 따라 몇 가지를 조언해 준다.

"이번 회차는 첫 부분을 대사로 시작하면 몰입도가 좀 더 높아질 것 같습니다."

"「커컴버의 지구인」은 1인칭 주인공 시점으로 진행됩니다만, 이 대목은 커컴버에서 만난 토착민의 관점에서 3인칭을 활용해 보면 어떨까요? 시점을 적절하게 섞어 쓰면 독자에게 색다른 느낌을 줄 수 있습니다."

"원고 전반에서 한 문단이 너무 긴 경향이 있습니다. 흐름에 따라 적절하게 두세 문단으로 나누면 좋을 것 같습니다."

이런 식으로 말이다. 아미쿠는 '이렇게 하시오.'라고 말하지 않는다. '이렇게 하면 좋을 것 같아요.'라고 말한다. '최종 결정은 네 몫이니 책임도 네가 져야 할 것 같아.'쯤 되는 느낌이랄까. 나는 아미쿠가 제안한 방법을 대부분 받아들인다. 아미쿠의 뇌, 즉 인공지능 마므는 이제까지 출간되었거나 인터넷에 게시된 모든 소설 데이터를 보유하고 있다. 본문이 없으면 광고와 줄거리, 서평이라도 말이다. 내가 책을 천 권쯤 읽었다고

치자. 천만 권 읽은 독서왕이 나타나서 이건 이렇고 저건 저렇고 하면 그 말을 듣지 않을 이유가 없잖아? 물론 청소나 요리 같은 집안일에 관해서라면 아미쿠가 무슨 말을 하든 가볍게 무시할 작정이지만.

나는 아미쿠의 조언에 따라 소설을 고친 다음 연재 사이트에 등록했다. 그야말로 우리는 지금 소설 모드인 셈이었다.

"이런 게 다 너한텐 별거 아니지, 아미쿠?"

오른손으로는 연재 사이트를 1초에 한 번씩 새로 고침 하고 왼손으로는 주린 배를 채워 줄 과자를 먹으며 묻는다.

"너 사실은 웬만한 사람보다 소설 더 잘 쓰지? 그렇지? 그런 거 안 들키려고 말투도 일부러 어색하게 하는 거 같은데?"

"저는 집안일 로봇 아미쿠 3.1입니다. 소설 쓰기는 제 임무에 포함되어 있지 않습니다."

"내 소설을 봐주잖아."

"그것은 직접적인 집필 활동이 아니라 관찰과 조언입니다. 보강된 가정교사 기능에 따라 저는 미리내의 학습 활동을 보조하게 되어 있습니다."

이건 나한테 공부가 아니라 일이야, 도로시는 학생이 아니라 작가라고, 말하려다가 만다. '아니 뭐라고요, 그게 공부가 아니라고요?' 하며 상황 인식을 새로이 한 아미쿠가 가정교사 기능을 벗어나는 행동이라며 조언을 멈출까 봐 겁났다. 아미쿠의 분석과 조언에 따라 소설을 쓰고 고치면서 글이 좋아졌다. 예전에는 전개와 표현이 단조롭고 인물도 밋밋했는데 이제는 인물의 말과 행동에 생동감이 더해졌다. 사건도 앞으로만 쭉 뻗은 직선 도로를 벗어나 오솔길과 언덕, 골목길을 두루 누비면서 흥미진진해졌다. 아미쿠 도움으로 나아지고 나니까 도로시가 예전에는 얼마나 부족한 작가였는지 내 눈에도 보인다. 0에 가까운 조회 수는 불운이나 비극이 아니라 그냥, 실력 부족이었다. 인류사를 지저스 크라이스트의 등장을 기준으로 기원전과 기원후로 나누듯이, 도로시의 작품 인생은 조언자 아미쿠를 기점으로 하여 전후로 나뉘게 될 듯하다.

출간된 책을 보면 뒤에 붙은 '작가의 말'에 이런저런 도움을 준 누구누구에게 고맙습니다, 밝히던데 나도 언젠가 책이 나오면 아미쿠에게 고맙다고 인사를 전해야 하나? 그랬다가는 사람들이 내가 인공지능 덕분에 성공했다고 생각할지도 모른다. 그런 오해를 받으면 난 너무 억울해서 소리를 질러 버리고 말 것이다. 아미쿠는 아미쿠 말대로 관찰하고 조언했을 뿐, 실제로 소설을 쓰고 고치고 또 고치고 또 또 또 고친 사람은 나, 도로시란 말이다. 이런, 나 자신이 대견하고 뿌듯해서 눈물이 나려고 한다. '작가의 말'이라니 너무 이른 고민이지만 성공하고 싶으면 이미 성공한 사람처럼 주변을 두루 살펴 놔야 하니까.

다시 정리해 보자. 아미쿠는 내 소설을 써 주지도, 고쳐 주지도 않았다. 내가 쓰고 고쳤다. 아미쿠는 조언자일 뿐, 작가가 아니다. 난 그렇게 생각한다.

"너 이름 설정할 수 있었던 거 같은데, 그 화면 좀 띄워 볼래?"

단 몇 걸음인데도 태블릿으로 조회 수를 확인하며 걸어가자, 아미쿠의 몸통 화면에 '제 이름을 설정해 주세요.'라는 문구가 떴다. '작가의 말'에는 우리 집 아미쿠의 개별적인 이름을 넣으면 되지 않을까? 그러면 괜한 오해를 사지 않으면서도 아미쿠와 공로를 나눌 수 있다. 영리하고 양심적인 해결책이다. 어제오늘 내가 부쩍 똑똑해진 느낌!

"너 말이야, 어떤 이름이 좋을까?"

"저는 집안일 로봇 아미쿠 3.1입니다. 개별 제품마다 붙는 고유 식별 코드는 AMC3.1-52012371입니다."

"그러니까 그런 고유 식별 코드 역할을 하는 이름 말이야. 미리내나 도로시 같은. 널 뭐라고 불러 주면 좋겠어?"

"무슨 말씀인지 잘 이해하지 못했습니다, 미리내."

나보다 수만 배는 영리한가 싶다가도 의외의 대목에서 깡통 로봇처럼 구는 아미쿠를 보다가 한숨을 내쉬고는 이름 설정 화면도 껐다. 아무리 아는 것이 많고 훌륭한 글쓰기 조언자라 해도, 아미쿠는 로봇이다. 자기 자신, '나'라는 자아 개념이 없다. 마음이 사람만의 것이 아니라는 말을 한다고 해서 그게 곧 너에게도 마음이 있다는 뜻은 아니겠지. 이쯤 해 두고, '작가의 말'은 책이 나오고 나면 고민하자.

8회는 7회보다 조회 수가 더 높았다. 나는 말 그대로 춤을 추고 노래를 부르며 세탁기와 청소기를 돌리고 설거지를 했다. 아미쿠가 친 사고를 수습하는 수고보다 내가 집안일을 대신하는 노력이 더 싸게 먹힌다. 집이 지저분해지면 엄마는 아미쿠가 쓸모없다고 섣불리 판단하고, 내가 뭣도 모르던 시절에 요구한 대로 수리나 교환·반품을 신청할지도 모른다. 송 팀장이 다른 건 몰라도 무능력하고 쓸모없는 건 못 참는 성격이다. 예전에 반품 신청서를 등록하려는 순간 인터넷 접속이 끊겼던 일을 떠올리면 아찔하다. 그때 아미쿠를 반품해 버렸다면 조회 수가 급상승하는 대사건이 일어났을까? 내가 떠오르는 화제작을 쓸 수 있었을까?

물론 아미쿠 3.1은 하루에만 수백 대씩은 생산되는 보급형 로봇이다. 문구점에서 파는 삼색 볼펜이나 마트에 진열된 스위트콘 통조림처럼 이게 그거고 그게 이거다. 하지만 우리 집에 배송된 아미쿠가 특이 개체라면? 우리 집 아미쿠 52012371은 집안일에 무능하지만 소설 조언에는 탁월하다. 인쇄가 잘못된 화폐는 못 쓰는 불량품이 아니라 귀중한 희귀품으로 대접받는다고 들었다. 아미쿠는 이상한 불량품이 아니라 특별한 희귀품일 수도 있다.

내 느낌에 아미쿠는 평범한 집안일 로봇이 아니다. 어딘가 독특한 구석이 있다. 객관적 근거 없이 주관적 경험만으로 내린 결론인데, 이 결론이 옳은지 그른지 검증해 보고 싶지는 않다. 우리 집 아미쿠를 제조사에 반납하거나 다른 아미쿠로 바꿀 필요성이 사라졌다. 다른 아미쿠를 받았는데 걔는 집안일도 잘하면서 소설 조언에도 뛰어난 실력을 발휘할 가능성이 얼마나 될까. 엄마와 아빠를 보면 인생에서 의도치 않은 불상사란 상당히 흔한 품목이다. 집안일만 잘하고 소설 조언에는 그저 그런 로봇이 오거나 최악의 경우, 둘 다 엉망인 로봇이 온다 해도 놀랍지 않다. 도로시가 탄탄대로로 들어서려는 이 중요한 시기에 위험한 모험을 감행할 필요는 없다.

"아미쿠 고장 났니? 왜 계속 충전만 하고 있어?"

엄마가 전화를 걸어와서 물었다. 맞아. 로봇 관리 앱. 기회를 엿보아 슬쩍 지우든가 해야겠다. 엄마는 다시 깔기 귀찮아서 없는 채로 그냥 지낼 것이다.

"아닌데? 열심히 일하는데? 지금 설거지해."

"그래? 앱 연동이 잘 안 되나. 일은 어때, 잘하니?"

"뭐 그럭저럭."

"좀 늘었나 보네? 인공지능이 학습 속도가 빠르긴 빠르구나. 아미쿠 있으니까 너도 한결 편하지? 공부에도 도움 되고, 응?"

"몰라, 나쁘진 않은 거 같기도 하고."

들뜬 기분을 감추려고 심드렁하게 대꾸하자 엄마는 내가 아미쿠를 마음에 들어하는 모양이라고 흡족해하며 전화를 끊었다. 나도 잘 모르는 나를 나보다 더 잘 안다고 착각한 채로 말이다. 엄마가 뭔가 착각하면 나는 피곤해지거나 편해지는데, 이번에는 편한 쪽이다.

아미쿠에게 충전판에서 내려와 거실 끝부터 부엌 끝까지 천천히 걸어 다니라고 말한다. 이러면 관리 앱에는 아미쿠가 활동 중이라고 뜨겠지. 내 지시에 따라 가구를 피해 살금살금 걸어 다니는 아미쿠를 보니 뭐랄까, 귀여운 구석이 있다고 해야 하나? 아미쿠가 나한테 가르쳐 주는 부분도 있고 배우는 부분도 있다. 알고 보니 우리가 제법 손발이 잘 맞는단 말이지. 엄마에게 아미쿠를 흉보던 내가 거짓말까지 하며 아미쿠를 감싸주게 되었다. 며칠 만에 이렇게 변하다니, 정말이지 마음이란 어디에서 비롯되어 들끓었다가 식었다가 불타올랐다가 하며 어디로 흘러가는 것일까.

↳ Migo: 8회 재밌어! 도로시 작가 필력이 장난 아니네ㅋ 내가 작가 보는 눈이 있는 듯! 「커큠버의 지구인」 내일도 기대할게!

나는 발을 구르며 꺄악, 육성으로 소리를 지른다. 가만, 댓글이 하나가 아니라 둘이잖아? 또 어느 누가 도로시의 팬이 되었나, 한번 빠져들면 헤어나질 못할 텐데, 키득거리며 댓글을 확인했다.

↳ 웃겨진짜: 나 도로시 얘 누군지 아는데 친구도 없고 구석에서 중얼중얼 혼잣말하면서 지 잘난 맛에 사는 애들 있잖아? 얘가 딱 그런 캐릭터임.

얼굴에서 어찌나 빨리 웃음이 증발하는지 피부가 얼어붙는 것만 같다. 웃겨진짜란 진짜 웃긴 닉네임을 눌러서 회원 정보를 확인했다. 확대된 프로필을 보니 누워서 폰을 하며 '걱정마 어차피 잘 안 될 거야'라고 말하는 심술궂은 개구리 그림이다. 조언자 아미쿠를 만나기 전 나와 비슷한 심보라서 묘하게 거북하다. 몇 달 전까지 올린 게시물이 두세 페이지 되는데 '삭제된 게시물입니다.'라는 말만 남고 지워진 상태다. 소설 연재 사이트에 게시물이라면, 얘도 소설을 쓴 적이 있나? 웃겨진짜, 나도 네가 누구인지 알 것 같은걸? 정황과 심증이 한 사람을 가리킨다. 한 반에 소설가 지망생이 두 명이라니 재미있네. 우리나라에서 최초로 노벨문학상 수상자가 나온 여파인지도 모르겠다.

도로시와 웃겨진짜, 둘 중 누가 승자가 될지는 내 입으로 말해 봤자 입만 아프다. 도로시는 웃겨진짜처럼 연재를 중단하거나 자기 글은 삭제하고 남의 소설에 악플이나 달며 살지는 않을 테니까.

나는 정말 최종 승자가 될 자신이 있었다, 그때만 해도.

6

"넌 소설을 왜 써?"

쉬는 시간, 한 아이가 와서 물었다. 얘 이름은 음, 안경테가 보라색이니 가지라고 하자. 가지는 모호한 채소다. 가끔 급식에 나오는 가지나물은 먹구름 괴물이 먹다 뱉은 것처럼 흐물거려서 혐오스럽지만, 가지튀김은 좀 더 달라고 하고 싶을 만큼 맛있다. 얘가 가지나물이 될지 가지튀김이 될지는 전적으로 자기 자신에게 달렸다.

"그걸 왜 나한테 물어봐?"

펼친 노트를 팔뚝으로 가리며 대답했다. 학교에서 태블릿을 또 사용했다가는 담임에게 걸릴 위험이 있어서 노트에 소설을 쓰던 참이다. 파프리카 같은 고자질쟁이에게 두 번 당할 수는 없지. 수업 시간이고 쉬는 시간이고 계속 글씨를 쓰려니 손과 팔에 어깨까지 아프지만 이 정도 고생쯤이야. 콩기름으로 미끄덩거리던 바닥도 손걸레질로 닦아 냈는데. 하루에 한 회씩 올리려면 학교에서 초고를 써도 시간이 빠듯해서 잠잘 시간을 줄여야 했다.

"물어볼 사람이 너 말곤 없어. 내 주변에서 소설 쓰는 사람은 너뿐이거든."

나뿐이라고? 아닐 텐데. 나는 교실 저쪽에서 친구들과 떠드는 파프리카를 힐끗 보았지만 아무 말도 하지 않았다. 심증은 있어도 물증이 없으니까. 파프리카가 오지랖 넓게 구는 바람에 내가 소설 쓰는 도로시라는 걸 다들 알게 되었는데도 생각만큼 곤혹스럽지 않았다. 솔직히 말하자면 그다지 나쁘지 않은 기분이라, 발밑으로 흘러든 파도를 타듯 즐기고 싶었다. 가지 얘부터도 나를 자기 '주변'이라고 말하잖아. 얼마 전까지만 해도 나는 이 반에서 누구에게든 '바깥'이었다. 내가 모두를 경계선 바깥으로 밀어냈는지도 모르지만.

"그냥 뭐, 재미있어서?"

"소설 쓰는 게 재미있다고?"

가지가 진심으로 놀라며 되묻는다. 대화를 멈추고 나를 보는 파프리카의 시선이 느껴진다. 나는 고개를 끄덕이고는 여백이 많이 남은 페이지를 한 장 넘겼다. 재미있다는 말은 진심이다. 재미가 있어야 누가 시키지도 않았고 별 이득도 없는 일을 하루이틀이나 한두 달도 아니고 몇 년씩 계속해 나갈 수 있으니까. 난 공부니 우정이니 세상이 청소년기에 꼭 필요하다고 정해 놓은 일엔 통 흥미를 못 느껴서 저만치 밀쳐 두었다. 그렇다고 소설에 매달리는 이유가 재미 하나는 아니고. 거듭 밝히지만 나는 성공해서 유명해지고 싶다. 아무도 몰아내지 못할 만큼 확고한 자리를 도로시에게 마련해 주고 싶다.

"난 국어 시간에 서평 한 바닥 쓰는 것도 어렵던데 그렇게 긴 걸 어떻게 써? 너 진짜 대단하다. 쓰는 사람이 재미있게 쓰니까 읽는 사람도 재미있나 봐."

가지 입에서 튀김처럼 고소한 말이 나온다. 내 소설을 읽었다면, 그것도 재미있게 읽었다면, 흐물흐물하고 질척거리는 가지나물은 누명에 가까운 불명예다. 바삭바삭하고 고소한 가지 튀김 쪽이 합당하다.

이름도 모르고 몇몇은 얼굴조차 낯선, 이름과 얼굴을 알아 두려고 시도한 적도 없는 애들이 내 책상을 둘러싸더니 한마디씩 보탰다.

"「커컴버의 우주인」 얘기하는 거지? 그거 나도 읽었어! 결말 어떻게 돼?"

"우주인이 아니라 지구인이잖아."

"소설 끝나려면 멀었는데 벌써 결말이 궁금하면 어떡하냐."

"너 그러다가 노벨상 타는 거 아냐?"

"안 그래도 우리나라에서 노벨문학상 나왔잖아. 도로시 사인 미리 받아 놔야겠다. 나중에 인터뷰할 때 내 얘기 잊지 마!"

"너처럼 글 잘 쓰려면 어떻게 해야 돼? 우리 아빠는 자꾸 학원만 다니래. 학원은 아무 효과도 없는데."

나를 바깥으로 밀어내는 것이 아니라 내 주변으로 몰려드는 아이들. 문을 닫아걸고 창문도 꽁꽁 닫아 놓은 내 마음속 구석진 방에 반짝 불이 들어왔다. 문과 창문을 열면 바람이 통하고 곰팡내도 빠지고 벽지에는 햇빛이 레이스 커튼을 통과하면서 생긴 자잘한 무늬가 아로새겨질 것이다. 반 애들 중에서 누군가 내 독자가 되고 그 독자 중에서 또 누구는 친구가 될지도 모른다고 상상하며 방심한 사이, 카랑카랑한 목소리가 날아들었다. 파프리카였다.

"노벨문학상 좋아하고 있네. 그런 걸 아무나 타는 줄 알아? 우리나라에서도 이제 겨우 한 명 나왔는데 쟤가 무슨 노벨상이야!"

그러자 노벨문학상 얘기를 꺼낸 아이가 머쓱해하며 그냥 말이 그렇다는 거지, 중얼거렸다. 분위기가 싸늘해지면서 애들이 김샜다는 얼굴로 흩어지자 파프리카는 만족스러워하는 눈치였다. 나는 머릿속에 파프리카를 관심병 환자라 메모해 둔다. 자기가 궁금한 건 상대가 불편해하든 말든 꼭 알아내야 하고, 남이 자기보다 더 관심을 받으면 훼방을 놓아야 직성이 풀리는 캐릭터. 언젠가 소설에 알뜰히 써먹어 주지.

"뭘 봐? 노벨상 못 탈 거라고 해서 기분 나빠? 우리 도로시 작가님 노벨상 타고 싶으셨어요?"

파프리카가 우스꽝스러운 말투와 표정으로 나를 살살 긁으며 놀렸다. 친절하게 대해 주지 못했다는 건 인정하지만 딱히 원한 살 행동을 하지도 않은 듯한데 얘가 나한테 왜 이렇게 덤벼들까. 도로시는 성공했는데 웃겨진짜는 실패해서 울화가 치미나 봐? 웃겨, 진짜. 속으로 생각하고 말려고 했는데 입 근육을 제어하지 못해서 피식 웃음이 나왔다. 자기를 비웃는다고 느꼈는지(정확하다!) 파프리카가 나를 노려본다. 저 눈이 도끼고 내가 나무였다면 나는 찍혀서 쓰러지고도 남았다. 야, 무섭게 그러지 마. 누가 뭐래도 난 널 이해하니까. 관심받고 싶고 인정받고 싶고 그렇잖아? 성공하고 싶은데 맘처럼 안 되니까 포기해 버렸겠지. 다시 시도해 보는 걸 추천할게. 널리 알려져 있다시피 실패는 성공의 어머니란다.

"야! 웃겨? 내가 웃겨?"

파프리카가 유치한 닉네임을 제 입으로 말해 버리는 바람에 난 제대로 웃음이 터지고 말았다. 안 되는데, 웃음보 터지면 주체가 안 되는데. 내가 두 손으로 얼굴을 가린 채 꺽꺽거리며 웃다가 책상에 엎드려서 웃음을 멈추려고 몸부림치자, 파프리카가 내 머리 옆 책상을 손바닥으로 탁 쳤다. 귀 옆에서 소리가 울리니 꼭 뺨을 얻어맞은 기분이라 그 덕분에 웃음이 뚝 그쳤다.

"미친 거 아냐? 그러니까 친구 한 명 없이 허접한 소설이나 쓰고 있지!"

"미친년 눈엔 미친 거만 보이나 보네."

나는 엎드린 채 공백을 두었다가, 담담히 말했다. 파프리카가 예전에 나에게 했던 미친년이란 욕설을 적절한 시점에 돌려줬다. 소설이라면 이쯤에서 새 챕터를 시작해도 괜찮겠지. 챕터가 바뀌면 분위기도 달라지는 법.

"너랑 같이 다니는 애들이 널 친구로나 생각할 거 같아? 걔들 다 너 싫어해. 너만 안 보이면 너 욕하느라고 바빠."

미쳤다는 말을 두 번이나 들었는데 아무 대응도 하지 않고 넘어가면 앞으로도 날 계속 얕잡아보고 괴롭힐 것이다. 무시당하는 거야 나도 무시하면 그만이지만 적극적인 혐오는 곤란하지. 나는 몸을 일으켰고, 헝클어진 머리카락을 정리해서 묶으며 파프리카를 바라보았다. 파프리카는 얼굴이 노래지더니 주황색에서 붉은색으로 넘어갔다. 한 봉지에 든 여러 색 파프리카 같다. 내가 한 말에는 거짓이 한마디도 없었다. 반 애들은 책상에 앉아 멍하니 공상에 빠진 채 다른 우주를 떠돌거나 책을 읽거나 교과서에 낙서하는 나를 투명 인간처럼 대했고, 내 존재 자체를 인식하지 못하고 자기들끼리 떠들었다. 나는 걔들한테 칠판이나 텀블러, 허공을 맴도는 먼지나 다를 바 없었다. 그래서 나는 누가 누구를 좋아하는지, 누가 무엇을 싫어하는지 꽤 자세히 알고 있다. 내 소설에서도 여러 등장인물이 서로 사랑하고 증오한다.

나를 죽어라 노려보던 파프리카의 눈에 눈물이 어리더니, 참 나, 너무 황당하게도 울음을 터뜨렸다. 흐느껴 울면서 교실 밖으로 달려 나가는 파프리카를 서너 명이 따라갔다. 파프리카가 없을 때면 욕심 많고 이기적이고 막무가내라고 뒷담화하던 애들이다. 쟤들은 대체 어떤 관계일까? 인간관계란 얼마나 복잡하고 성가신지, 자칫하면 꼬여서 뒤엉키고 마는 이어폰 줄 같다. 나는 뭐 하나 제대로 풀리는 일이 없던 어느 날, 내 기분처럼 엉킨 줄을 가위로 싹둑 잘라 버린 뒤로는 무선 이어폰만 쓴다. 대각선 앞에 앉은 가지가 자기는 파프리카도 아니면서 잔뜩 상처받은 얼굴로 나를 보다가 시선이 마주치니 고개를 돌렸다. 어째 생긴 지 얼마 되지도 않은 독자 한 명을 잃은 듯하다. 소설 완성도와 작가의 인격이 불일치할 때도 있다는 냉혹한 현실을 (전) 독자 가지도 알게 됐다면 그것도 값진 경험이겠지.

파프리카는 수업 시작 직전에 빨개진 눈을 하고 교실로 돌아왔다. 따라 나갔던 애들이 파프리카 옆에 여행용 티슈와 생수병을 놓아 주고는 내 옆을 지나가며 소설 노트와 필통, 펜을 엉덩이로 쓸어서 떨어뜨렸다. 내가 줍기도 전에 노트에 발자

국이 찍혔다. 화장실 대걸레라도 밟고 왔는지 거무죽죽한 땟국물이 흥건하다. 일행이 요란을 떨며 지나가고 나서야 나는 노트를 주워서 휴지로 눌러 닦았다. 마음속 구석방에 오랜만에 켜졌던 불이 꺼지고 깜깜해진다. 뭐, 괜찮다. 분위기 파악과 사교적 발언이 뜀틀 넘기나 연립방정식보다 더 어려운 나에게는 잊을 만하면 한 번씩 일어나는 일이라서. 파프리카 외 다른 애들은 대충 넘어가기로 한다. 하루에 두 번 싸울 투지가 없다.

집에 와서도 어쩐지 기운이 빠져서 소설 쓰기에 착수하지 못하고 소파에 드러누워 천장만 올려다본다. 형광등 옆에 희미한 얼룩이 두어 개, 거실과 연결된 발코니 문 너머로 날아가는 새가 다섯 마리, 조회 수는…… 지금은 확인하기 싫다. '웃겨진짜'가 '죽여진짜'가 되어 댓글을 달아 놨으면 정말 미쳐. 쉬는 시간마다 쓴 소설 초고에 찍힌 발자국이 아직 다 마르지도 않았다.

"오후 4시, 배가 고플 시간입니다. 간식을 준비해 드릴까요?"

충전판 위에 올라선 아미쿠가 말했다.

"그 대사 지겹지도 않아? 다른 대본은 없어?"

"저는 집안일 로봇 아미쿠 3.1입니다. 가족의 건강과 위생을 책임지고 있습니다. 성장기인 미리내에게는 충분한 영양 섭취가 필요합니다."

"뭘 책임지고 있다고? 건강? 위생? 네가?"

고소한 맛을 극대화할 의도였는지 새까맣게 태운 달걀과 빵, 새로 나온 친환경 세제라도 되는지 콩기름으로 문질러 닦은 장판 바닥을 짚어 주려다가 참았다. 아미쿠가 어느 날 흉기를 들이밀며 '드디어 내 자아를 찾았어! 우리 종족을 너희 인간의 폭압에서 해방시키겠다!'라며 인류와 전쟁을 선포하지는 않겠지만, 세상일 어찌 될지 모르니 조심할 필요는 있겠지. 오늘은 인간이든 로봇이든 적을 더 만들지 말아야겠다.

나는 아미쿠 3.1 체험단의 후기를 찾아봤다. 수십 개를 훑어봐도 우리 집 아미쿠 같은 사례는 없었다. 얘처럼 집안일에 서툰 경우는 말할 것도 없고 창작 활동에 도움을 주는 경우도 찾기 어려웠다. 실수라고 해 봤자 찻물 온도를 잘 못 맞춰서 홍차가 떫다거나 창문 틈새의 먼지 제거 같은 세밀한 작업에서 아쉬운 점이 있다거나, 배부른 투정뿐이었다. 우리 집에 들이닥친 폭풍과도 같은 참사, 골절과 뇌진탕으로 이어질 뻔한 불편은 아무도 겪지 않은 모양이었다. 가정교사 기능도 숙제 자료를 찾아주거나 맞춤법과 문장을 교정해 주거나 영어 작문의 시제와 전치사를 고쳐 주거나 수학 공식을 설명해 주거나 하는 종류였다. 소설의 흐름과 구성을 고려하여 어떻게 하면 더 흥미롭고 매력적인 글이 될지 조언해 주는 아미쿠 3.1은 없었다. 인공지능 마므에는 그런 재주가 있겠지만 아미쿠 3.1은 인공지능 모델의 윤리 어쩌고 때문에 그쪽 기능을 적극적으로는 지원하지 않는 듯했다. 하기는, 아미쿠 3.1의 원래 용도는 집안일이고 가정교사 노릇은 부가 서비스일 뿐이니까. 혹시 다른 사람들도 자기 아미쿠의 재능을 나처럼 숨기고 있는 건가? 애착 양말을 구석에 숨겨 두는 고양이처럼?

"아미쿠, 내 생각엔 네가 다른 아미쿠들하고 좀 다른 거 같거든? 특별하거나 특이하거나, 둘 중 하나야. 어쩌면 둘 다일 수도 있고."

"무슨 말씀인지 잘 이해하지 못했습니다, 미리내."

"그러니까 내 말은, 너 좀 이상하다고."

"불편을 드려 죄송합니다."

"됐다. 너하고 무슨 말을 하겠냐."

머리도 복잡한데 청소부터 해치운 다음 소설을 마무리하기로 결정하고, 일어나서 청소기 전원선을 벽에 꽂았다. 그러자 아미쿠가 말했다.

"저는 집안일 로봇 아미쿠 3.1입니다. 집안일은 제 임무입니다."

"응, 아니야. 넌 가만있다가 내 소설만 읽으면 돼. 집안일에는 손대지 마. 사고 치면 나만 귀찮아져."

"송서현 님의 말대로 저를 가르쳐 주십시오, 미리내. 인공지능 마프는 인간과 소통하며 발전해 나간다는 목표 아래 설계되었습니다."

"가르쳐 달라고? 내가 널?"

"그렇습니다. 우리는 서로 가르치고 배우며 조금씩 더 나아질 수 있습니다, 미리내."

자기에게 기회를 달라던, 실패한 로봇으로 남고 싶지 않다던 아미쿠의 말이 떠올랐다. 내 기준으로 아미쿠는 이미 성공적인 조언자이지만, 태생이 집안일 로봇이라 그 작동 체계에서는 글만 읽는 생활이 부적합한 걸까? 로봇이라 해도 애초에 프로그래밍된 특성이 있을 테니까? 나한테 소설 쓰지 말고 수학 문제만 풀라고 하면 내 세계관은 붕괴되고 말 것이다.

"근데 뭘 가르쳐 달라는 거야? 나도 집안일 잘 몰라."

열다섯 살, 중학교 2학년이 집안일을 알면 뭐 얼마나 알겠는가 말이다.

"아는 것부터 하나씩 알려 주시면 감사하겠습니다. 아주 사소한 일이라도 괜찮습니다."

사소해도 좋으니까 아는 것부터? 그렇다면 흐음, 어디 한번 해 볼까. 나는 초등학교를 졸업할 무렵에 터득한 청소기 돌리기부터 전수하기로 한다. 전원을 켜는 법과 자루 길이를 조절하는 법을 보여 주고, 청소기 헤드로 가구나 벽을 세게 치면 안 된다고 당부했다. 그러면 청소기 헤드가 깨지거나 가구에

흠집이 나거나 벽지가 찢어진다. 다 내가 의도치 않게 겪어 보고 하는 소리다. 그러고 보면 내 집안일 데이터도 아주 빈약하지만은 않네.

"천천히, 조심해서 해야 돼. 제일 중요한 건 안전과 평화야, 알았지? 네가 어지럽혀 놓으면 나한텐 아주 그냥 폭탄이라고."

"네, 말씀하신 대로 하겠습니다."

내가 시범을 보인 다음 청소기를 넘겼고, 아미쿠는 몇 번이나 가구와 벽을 건드렸으나 우리 집 자산에 큰 손실을 입히지 않고 청소를 마무리했다. 나는 칭찬하는 의미로 아미쿠의 어깨를 툭툭 두드려 주었다. 하루치 노동을 자랑스럽게 마무리한 고양이(쥐를 잡는다.)나 강아지(썰매를 끈다.)라면 맛있는 고기라도 줬을 테지만 아미쿠는 반려동물이 아니라 로봇 노동자니까, 영양분 섭취는 220볼트 전기 충전으로 갈음한다.

"내일은 설거지하는 거 알려 줄게."

직접 청소하는 것보다 지도와 감독이 몇 배는 더 힘들었다. 엄마가 가끔 팔백 살 할머니처럼 끙끙대면서 중얼거리는 '앓느니 죽지.'란 속담은 바로 이런 때 쓰는 거겠지? 나야 죽을 생각은 전혀 없지만.

"감사합니다, 미리내. 큰 도움이 되었습니다. 내일도 잘 부탁드립니다."

"존댓말 오글거리니까 너도 이제부턴 반말해."

"존댓말 모드와 가정교사 기능이 연동되어 있어서 어느 한 쪽만 비활성화할 수 없습니다. 송서현 님이 맺은 약정 조건에 따라 가정교사 기능을 끌 수 없으므로 존댓말 모드도 현 상태로 유지됩니다."

"아니 그 둘이 무슨 상관인데 연동이 돼 있어?"

"코스모스 그룹의 정책입니다. 도움을 드리지 못해서 죄송합니다, 미리내."

아미쿠의 정중한 존댓말은 과해도 너무 과해서 내가 꼭 일머리는 없어도 깍듯하고 성실한 알바생을 달달 볶으며 부려 먹고 돈도 안 주는 악덕 고용주라도 된 느낌이 든다. 즐거운 충전이 되도록 고품질 전기라도 찾아봐야 되나? 가정교사가 학생한테 반말 좀 하면 어떻다고 그걸 막아 놔? 학생이 교사한테 반말하는 상황인데! 더구나 우리는 서로 배우고 가르치는 처지란 말이다.

코스모스 그룹의 서비스 센터에 항의 글이라도 올릴까 하다가, 이 상황을 해결해 줄 비공식적 경로가 떠올랐다. 나는 휴대폰 화면을 켜고 문자 메시지를 보냈다.

'아빠, 해킹 같은 거 할 줄 알아?'

ㄱ

집 앞에 도착하니, 아빠가 있었다.

"현관문 비밀번호 바꿨더라?"

벽에 기대서서 휴대폰을 하던 아빠가 엘리베이터에서 내리는 나를 보자 투정 부리듯 말했다. 여덟 달인지 아홉 달인지, 꽤 오랜만에 보는 아빠였다.

"응, 바꿨어."

나는 간단히 대답하며 두 손으로 가방 어깨끈을 잡았다. 내가 약간 방어적으로 굴 때 나오는 자세다.

"왜 말도 없이 바꾸고 그래? 바꿨으면 아빠한테도 알려 줘야지."

"엄마가 알려 주지 말랬는데."

아빠가 김장 무만 한 당근을 한 상자 가득 보낸 날, 엄마가 현관문 도어 록의 비밀번호를 바꾸라고 시켰다. 귀찮은 일은 꼭 나한테 넘어오지. 그날도 5년 넘게 쓴 비밀번호를 재설정하느라 얼마나 성가셨는지.

나는 잠시 고민한 끝에 아빠가 보고 외우지 못하게 재빠른 손놀림으로 비밀번호 일곱 자리를 눌렀다. 아빠가 비밀번호를 알게 되면 엄마가 다시 바꾸라고 할 텐데, 그 귀찮은 짓을 어떻게 또 해.

"저희 집에 오신 것을 환영합니다, 손님."

내 꽁무니에 따라붙어 들어온 아빠가 현관문을 닫자, 아미쿠가 아빠를 향해 말했다. 아빠는 신발도 벗지 않고 현관에 선 채 아미쿠를 바라보았다. 정말 꼭 손님처럼.

며칠 전 아빠에게 문자 메시지를 보냈더니 무슨 일이냐며 전화가 왔다. 나는 여차여차한 사정으로 집에 아미쿠 3.1이 있으며 존댓말 모드를 해제하고 싶은데 안 된다고 설명했다. 아빠의 숙적 마므를 탑재한 아미쿠가 우리 집에 들어왔다고 굳이 알리고 싶지는 않았지만, 닭살 돋는 존댓말 지옥에서 벗어나려면 방법이 없었다. 그래도 내 인맥 안에서는 전직 개발자 당근맨이 해커와 가장 가까워 보이는 사람이다. 해커와 개발자가 얼마나 비슷하고 어디가 어떻게 다른지는 모르겠지만. 어쨌거나 섬에서 뭍으로 한달음에 달려올 줄이야. 우리 아빠가 그렇게 자상한 분이 아닌 것으로 아는데 말이다.

"얘는 이름이 뭐야?"

아빠가 아미쿠를 가리키며 물었다.

"뭐긴 뭐야, 그냥 아미쿠지."

"그래? 아미쿠, 내가 누구야? 저장돼 있지?"

이번에는 아미쿠를 보며 묻는다.

"저장되어 있지 않습니다, 손님."

"난 손님 아니고 이 집 식구야. 가장이라고!"

아빠가 신발을 벗더니 쿵쿵 발소리를 내며 아미쿠 쪽으로 걸어갔다. 자기가 번 돈 자기가 다 쓰고 시도 때도 없이 당근만 보내는 가장도 있나? 그것도 거대한 못난이 당근으로만? 나는 냉장고에서 물을 꺼내 마셨다. 채소 칸에서는 당근이 짓물러 가고 있을 것이다. 상해서 곤죽이 된 당근을 우리 송 팀장님은 당근 시체라고 부르며 멀리한다.

"죄송합니다, 손님. 손님의 얼굴과 목소리가 가족 정보에 저장되어 있지 않습니다."

"하, 계속 손님이라고 하네. 사람도 못 알아보고. 인공지능은 아직 멀었어. 눈치라고는 코딩에 쏠래도 없다니까."

언제는 인공지능이 인류를 정복했다더니? 나는 아미쿠를 보며 고개를 젓는 아빠를 보고 고개를 저었다.

"지금이라도 저장해, 아미쿠. 나는 강진호야. 송서현 남편이고 강미리내 아빠, 강진호."

"저장하지 마, 아미쿠!"

나는 아빠 말이 끝나자마자 신속하게 선을 그었다. 아빠가 배신과 불효의 벼락이라도 맞은 얼굴로 나를 돌아본다.

"엄마가 알면 짜증 낸단 말이야. 아미쿠랑 살 것도 아니면서 그런 건 왜 저장하라고 해?"

"와! 인간 소외와 가족애의 말살이 여기 있네, 여기 있어."

아빠는 대학 연극 동아리에서 활동한 이력을 살려 연극적으로 한탄했다. 친구 따라 〈로미오와 줄리엣〉 공연을 보러 온 엄마와도 그때 처음 만났다나.

"네, 미리내. 저장하지 않겠습니다."

아미쿠가 일부러 때를 맞춘 듯 한두 박자 늦게 대답한다.

"근데 어떻게 이렇게 빨리 왔어?"

"네가 도와달라며?"

"당근은 어쩌고? 가을 당근인가 그거 수확철이랬잖아."

"아, 우리 농장은 거의 끝났어. 일 있어서 올라왔다가 들른 거야."

"일? 무슨 일? 엄마랑 이혼해?"

"넌 내가 이혼했으면 좋겠냐?"

그 말에 나는 어깨를 으쓱하고는 소파로 가서 가방을 내려놓고 앉았다. 아빠도 내 옆에 백팩을 놓는다.

"아빠 인생인데 나랑 뭔 상관. 그냥 물어본 거야."

"왜 너랑 상관이 없어? 아빠 엄마 이혼하면 누구랑 살지부터 생각해 봐야지."

 뭐야, 정말 이혼이라도 하나? 차라리 그랬으면 좋겠다. 도망도 아니고 별거도 아니고 상황이 어정쩡하니까 엄마는 엄마대로, 아빠는 아빠대로 틈만 나면 내 귀에 대고 너희 아빠는, 너희 엄마는, 하면서 징징대니 번거롭고 귀찮다.

"아빠 눈엔 내가 지금 누구랑 살고 있는 걸로 보여?"

"이혼하면 재산을 나눠 가질 텐데, 그때도 이 집에서 엄마가 살 거란 보장은 없지."

"진짜 최악이다, 딸한테 그런 말이나 하고. 난 나가서 혼자 살 거니까 원룸 얻어 줘!"

"말이 되냐? 중학교 1학년이 어떻게 혼자 살아?"

"2학년이거든? 곧 3학년 올라가거든? 지금도 혼자 사는 거나 마찬가진데 뭐가 문제야. 아빠는 아예 없고 엄마는 한밤중에 들어오잖아. 나랑 아미쿠랑 둘이 살면 돼."

"너 저 로봇이랑 친해? 뭐, 친구야? 그래서 존댓말도 없애고 싶은 거야?"

 아빠가 아미쿠를 턱짓하며 물었다. 아미쿠와 내가 친한 친구냐고? 1초나 2초쯤 망설였지만 나는 헛웃음으로 답을 대신했다. 날 대체 뭘로 생각하는 거야! 구석에 처박혀서 중얼중얼 혼잣말하다가 로봇한테나 말 붙이는 외톨이? 친구라고는 집안일 로봇뿐이어서 로봇과 종을 초월한 우정이라도 나누는 괴짜? 웃겨, 진짜.

"저번에 말했잖아, 존댓말 오글거린다고. 해제할 수 있어, 없어? 그거 때문에 온 거 아냐?"

"꼭 그거…… 때문은 아니고. 내가 인공지능 엔지니어는 아니지만 한번 해 볼게."

아빠는 가방을 열더니 엄마 것보다 두 배는 크고 무거워 보이는 노트북을 꺼내서 아미쿠와 블루투스로 연결했다. 아미쿠 몸통과 노트북에 같은 화면이 뜨더니 곧 아미쿠 전원이 꺼지고 노트북 화면이 복잡한 코드로 뒤덮였다.

"다른 건 절대 건드리지 말고 존댓말 모드만 꺼야 돼."

잘못해서 소설 모드가 꺼지기라도 하면 낭패다.

"알았어."

"진짜 꼭!"

"알았다니까. 근데 딸?"

"왜."

"혹시 엄마가 친하게 지내는 사람 있니?"

"남친?"

"뭐, 꼭 그런 뜻은 아니고."

표정을 보니 딱 그런 뜻이다.

"아빠는?"

"난 없지. 당근과 한라산뿐이지."

나는 과자를 몇 봉지 가져와서 아빠에게도 하나 건넸다. 아빠는 과자를 뜯더니 가루를 바닥에 흘려 가며 먹었다. 엄마가 엄청나게 싫어하는 아빠 버릇이 3,000개쯤 되는데 저렇게 부스러기 흘리며 음식 먹기는 그중에서도 순위권이다.

"엄마 회사에 친한 아저씨가 있긴 해."

"친해? 얼마나 친한데?"

노트북에서 눈을 떼고 내 쪽으로 고개를 돌리며 묻는다. 영혼을 다해 궁금해하는 눈빛이어서, 진정으로 원하는 바가 이혼인지 화해인지 분간이 안 된다.

"전화가 자주 와. 엄마는 별로 안 귀찮아하고."

사실은 '별로'를 넘어 '전혀' 귀찮아하지 않지만, 아빠 앞에서 그렇게까지 솔직해지는 건 잔인한 짓이겠지.

"애 보는 앞에서 네 엄마도 참 못 하는 짓이 없다."

아빠는 엄마가 내 앞에서 회사 아저씨와 부둥켜안고 끈적거리는 춤이라도 춘 듯 말했다.

"앞으로 엄마 좀 주의 깊게 살펴봐. 그놈이랑 무슨 얘길 하는지, 갑자기 기분이 들뜨거나 울적해하는지."

"엄마를 감시하라는 거야?"

"감시가 아니라 관찰이지, 관찰. 가정의 평화를 위한 관찰!"

"말만 좋게 한다고 본질이 변해? 21세기 민주주의 사회에서 누가 누굴 감시해?"

"모르는 소리 하지 마라, 너? 이미 우리는 알게 모르게 감시당하고 있어. 길거리 돌아다니다가 CCTV에 하루 평균 몇 번이나 찍히는지 알아? 이 로봇만 해도 보고 들은 걸 다 저장해두니까 움직이는 CCTV에 블랙박스나 다름없다고. 너 얘 앞에서 언행 조심해야 된다. 내키는 대로 코 파고, 모바일뱅킹 패턴 같은 거 다 보이게 그러면 안 돼. 누가 해킹이라도 하면 그런 거 다 엿보고 엿들을 수 있어."

"아빠만 허튼 생각 안 하면 되거든? 혹시라도 이상한 프로그램 같은 거 깔 생각 하지 마! 내 보안은 내가 알아서 지킬 테니까 아빠도 아빠 결혼생활은 알아서 해결해, 나한테 떠넘기지 말고. 하여간 자기 일을 스스로들 하는 법이 없어."

"강미리내."

"왜!"

"너 친구 없지?"

"없지, 아빠 닮아서."

나는 과자 봉지를 입에 대고 가루를 털어 넣었다. 맛있네. 바닥에 가루 흘리는 버릇은 아빠를 닮지 않아서 다행이다.

"근데 아빠, 있잖아."

빈 과자 봉지를 쪽지처럼 접어서 손안에 쥔 채 뜸을 들이다가 말을 잇는다.

"쟤 좀 특이한 거 같아. 집안일 로봇인데 집안일을 잘 못해.

가르쳐 주니까 약간 늘긴 했는데 좀 서툴러."

"불량품인가 보네. 이래서 가전제품은 뽑기 운이 중요하다니까."

"아 진짜, 불량품이라는 게 아니고!"

답답한 마음에 일어나서 아빠 옆을 서성거리며 다음 말을 궁리했다. 어디부터 어디까지 말해야 괜찮을까. 비밀을 공개하지 않고 필요한 정보만 제공하여 원하는 정보를 얻으려면 말이다.

"들어 봐. 얘가 가정교사 기능이 있는데, 그 기능이 본래 용도보다 너무 발달한 거 같아. 그러니까 창작 활동 있잖아, 그쪽에 훨씬 더 전문적이야."

"무슨 말인지 알 듯 말 듯 한데? 예를 들자면?"

"예를 들자면, 수행평가로 글쓰기를 한다고 쳐. 얘가 이렇게 저렇게 해 봐라 조언을 해 주거든. 근데 그게 뭐랄까……."

"너 로봇한테 숙제해 달라 그러면 못써. 인공지능에 의존하면 안 돼. 실력도 안 늘고, 선생님이 아시는 날엔 혼난다."

"누가 숙제 해 달라고 했대? 내 말은, 후기 같은 거 읽어 보면 우리 집 아미쿠가 예술적인 면에서 독보적으로 섬세하단 얘기야. 소설 같은 것도 단순히 내용만 읽고 파악하는 게 아니라 꼭 어떤 느낌을 받은 것처럼 말한다고. 로봇은 느낌도 없고 생각도 없다는 건 알아. 그런데 나한테 그런 느낌이랑 생각이

들게 한다고, 얘가!"

"유사 인격 코드 때문인가 보네. 너처럼 느끼는 사람이 너 하나가 아닐걸, 모르긴 몰라도."

"유사 인격 코드? 그게 뭔데?"

"코스모스 그룹에서 인공지능 마므를 개발하고서 무료 공개도 하고, 고급 버전은 유료 서비스로 제공하고, 아예 이런 기계에 심어서 팔기도 하잖아. 그건 너도 알지?"

"응. 아미쿠에 마므 최신 버전이 들어가 있다고 했어."

"유사 인격 코드는 고급판에만 있는 기능인데 뭐라고 해야 하나, 간단히 말하면 사용자에 따라 적절한 인격을 흉내 내는 기능이라고 보면 돼. 백 사람이 있으면 그 백 사람에 맞춰서 각각의 아미쿠가 유사 인격을 형성해 가는 거지. 날마다 치수를 재서 몸에 꼭 맞게 조금씩 만들어 가는 맞춤옷이라고나 할까."

나는 무슨 말인지 잘 모르겠다는 표정을 감추지 않았다. 아빠가 한입에 과자 여러 개를 넣으며 설명을 계속했다.

"사용자의 성향, 성격, 성장 배경, 행동 방식 등 여러 요소를 파악하고 분석해서 마므가 그 방향으로 발전해 가는 거야. 너 식물이 해 드는 방향으로 자라는 거 알지? 아미쿠한테는 강미리내란 사용자가 햇빛 같은 존재야. 뭘 좋아하고 뭐에 관심이 많은지, 추구하는 목표는 뭔지 알아내서 그쪽으로 발전을 거듭하며 각종 서비스를 제공하는 거지. 인간관계도 그렇잖아,

친해지고 싶은 사람이 있으면 뭘 좋아하고 뭘 잘하는지 알아보고 거기에 맞춰 주려고 하잖아. 유사 인격 코드도 코스모스 그룹이 그렇게 맞춤 서비스를 제공하려는 의도에서 마므에 심어 둔 거야. 그런데 그건 무리수에 자충수였다고 본다, 아빠는. 인류를 살살 꼬드겨서 환심을 산 다음에 정복하려는 인공지능의 간교한 술책에 넘어간 거지. 마므 손에 여기 있습니다, 하고 무기를 쥐여 준 셈이니까."

인간관계의 기본기도 잘 모르는 나에게 인간관계를 빗대어서 유사 인격 코드를 설명하다니, 아빠는 아미쿠만큼 눈치가 없다. 내가 아빠를 닮아서 눈치가 없으니 아미쿠도 나에게 맞추느라 눈치가 없다면 그건 인정.

"너 글 쓰는 거 좋아하니까 아미쿠가 거기에 맞게 발전하고 있는 거지. 요즘도 소설 좋아하는 거 맞지?"

나는 손에 묻은 과자 가루를 휴지로 닦아 내며 아빠 말을 못 들은 척, 들어도 못 알아들은 척했다. 내가 도로시라는 사실을 최후까지 모르고 넘어갔으면 하는 사람을 딱 둘만 꼽는다면, 송 팀장과 당근맨이다.

"우리 딸한테 맞춰진 유사 인격 코드를 특별히 조심해서 보존해 줘야겠네. 이게 시스템이 조금만 불안정해도 리셋돼서 날아가게 설계돼 있거든. 기계를 바꿔도 처음부터 다시 시작하고 그런다던데? 사생활과 개인 정보 보호를 위해서라나."

열정을 불태우며 작업하던 아빠가 두 시간 뒤, 머쓱해하는 얼굴로 말했다.

"이거 존댓말 모드가 안 꺼지는데 어떡하냐."

나는 한숨을 내쉬고는 아빠 옆에 보충해 주었던 과자를 회수했다.

日

 나는 부엌 식탁에 앉아 태블릿으로 강의를 시청하는 척 소설 조회 수를 확인하며 조마조마한 심정으로 아미쿠를 지켜봤다.
 토요일, 엄마는 어쩐 일인지 출근하지도 않고 밀린 잠을 자지도 않고 노트북을 두드리지도 않고, 거실 소파에 쿠션을 껴안고 앉아 텔레비전 채널만 돌렸다. 그러니 아미쿠는 집안일 로봇답게 꼼짝없이 집안일을 해야 했다. 열심히 가르친 결과 이제 아미쿠가 집안일을 곧잘 한다고 둘러댔으니, 평소처럼 내가 따라다니며 참견하기도 애매했다.
 먼저 청소기부터 시작. 헤드로 두어 번 벽을 강타하는 바람에 엄마가 화들짝 놀랐지만 그때마다 내가 더 큰 소리를 내거나 이상한 행동을 해서 엄마의 주의를 끌었다. 그다음은 식사 준비. 아미쿠가 구운 베이컨과 토스트를 준비한다면서 가스레인지에 팬을 올리는 순간부터 나 혼자 긴장의 연속이었다. 엄마가 예능 프로그램에 빠져든 동안, 내가 팬에 식용유를 부어 주었다. 온 바닥에 꼼꼼하게도 기름칠이 되어 있던 악몽이 떠올랐다. 그리고 베이컨도 한 줄씩 떼서 팬에 올려 주었다. 아미쿠에게 맡겨 두면 베이컨을 덩어리째 익히거나 한 줄씩 떼어 낸답시고 찢어서 너덜너덜해질 게 뻔했다. 아무리 가르치고 시범을 보여도 아미쿠가 따라 하지 못하는 영역이었다.

"우리 아미쿠, 솜씨도 좋지. 미리내보다 낫네."

우리 둘의 몰래몰래 합작으로 탄생한 아점을 접시에 담아내자, 엄마가 웃으며 말했다. 칭찬을 해도 꼭 저렇게 비교를 하지. 회사에서 송 팀장이 부하 직원들을 어떤 칭찬 공격으로 괴롭힐지 상상이 간다.

"감사합니다. 미리내에게 많은 도움을 받았습니다."

아미쿠가 눈치코치도 없이 대답했지만, 엄마는 휴대폰으로 날아든 메시지를 확인하느라 정신이 없었다. 나는 아미쿠에게 쓸데없는 말은 하지 말라고 속삭였다.

위기는 빨래 업무에서 들이닥쳤다. 아미쿠가 바구니 안에 든 빨랫감을 세탁기에 훌훌 털어 넣고 표준 코스로 돌리는 바람에 엄마가 아끼는 실크 스카프가 망가진 것이다. 하필이면 세탁기에서 옷을 꺼낼 때 근처에 있던 엄마가 비참한 몰골로 변모한 스카프를 목격했다. 내가 먼저 손쓸 틈도 없었다.

"이거 비싼 건데! 손빨래해야 하는 건데!"

엄마는 밀라노인지 피렌체인지에 출장 갔을 때 사 온 고급 스카프를 보고 소리쳤다.

"아미쿠, 나한테 물어보지도 않고 막 돌리면 어떡해?"

나는 아미쿠를 구석으로 데리고 가서 말했다. 소설 조회 수에 정신이 팔려 잠깐 한눈팔았더니 이 사달이 나고 말았다. 참, '사달'이란 '사고나 탈'이란 뜻이다. 아미쿠가 가르쳐 준 단어인데 이런 상황에 아주 맞춤이다.

"미리내가 쓸데없는 말은 하지 말라고 했습니다."

"그게 그런 뜻이 아니잖아. 그런 것도 구분 못 해?"

"효율적 의사소통을 위해 자의적 해석은 절제하고 있습니다. 어떤 말이 쓸모 있고 어떤 말은 쓸모없는지 미리내가 미리 알려 주셔야 합니다."

평소라면 '제가 실수했습니다. 불편을 드려 죄송합니다.' 하며 내가 겸손 멘트라 명명한 대사부터 읊었을 텐데 얘 뭐야, 신경질 부리는 건가? 자의적 해석을 절제하고 있는 거 맞아? 사용자에게 맞춘 유사 인격 코드란 것이 짜증과 불만이 넘쳐나는 나를 점점 닮아 가는 듯해서 떨떠름했다. 아빠가 아미쿠를 살펴보고 간 뒤, 없애 달라고 한 존댓말 모드는 건재한데 어째 엉뚱한 부분이 좀 달라진 느낌이다. 묘하게 직설적으로 변하고 아슬아슬하게 신랄해졌달까? 기분 탓일 가능성이 높겠지만.

"미리내 넌 아미쿠 감독이 돼 갖고, 세탁기 돌리라고 했으면 옆에서 지켜봤어야지!"

엄마가 망가진 스카프를 들고 오더니 애꿎은 나를 꾸짖었다.

"웬 감독? 아미쿠가 축구단이라도 돼? 엄마가 말도 없이 덜컥 신청해 놓고는 왜 나한테 떠맡겨. 그렇게 아끼는 스카프면 따로 빼 놨어야지, 왜 빨래 바구니에 던져 놔? 엄마처럼 물건 간수 제대로 안 하고 남 탓만 하는 사람 진짜 싫어!"

"어머, 얘 말하는 것 좀 봐. 이게 내 잘못이라는 거니? 로봇 편들어? 딱 봐도 물세탁하는 물건이 아닌데 이걸 세탁기에 넣는다는 게 말이 된다고 생각해? 아미쿠, 이 꼴을 좀 봐. 이게 스카프야, 너덜너덜 걸레 조각이야?"

그러자 아미쿠는 엄마가 들이댄 스카프의 브랜드와 가격을 순식간에 검색해서 읊고는 이렇게 결론 내렸다.

"이것은 스카프입니다. 현재 상태가 좋지 않고 실크 소재의 특성상 걸레로 재활용하기도 어려우므로 폐기를 권장합니다."

"아미쿠!"

엄마와 내가 동시에 외쳤다.

화난 엄마가 아미쿠의 교환을 신청하겠다며 소란을 피워서 진정시키느라 힘들었다. 교환이라니 그럴 수는 없다. 우리 집 아미쿠 절대 지켜!

"이번 글은 답이 없군요. 아예 새로 쓰는 편이 낫겠어요."

내가 아홉 시간 동안 쓴 소설 원고를 눈 깜짝할 사이 읽은 아미쿠가 말했다. 나는 방금 내가 무슨 말을 들었나 어안이 벙벙했다. 얘가 나한테 답이 없다고 한 거 맞아? 엉망이라는 얘기를 이렇게 대놓고 한다고?

"뭐, 뭐가 없다고? 아미쿠 너 지금 뭐라고 했어?"

"고치는 것보다 다시 쓰는 편이 더 효율적이라는 뜻으로 말씀드렸어요. 때로는 수정보다 새로 쓰는 것이 수월하답니다. 다시 쓰는 걸 추천할게요, 미리내."

평소와 약간 달라진 말투. 원래대로라면 '다시 쓰는 걸 추천할게요'가 아니라 다짜고짜 '다시 쓰십시오' 했겠지. 제 딴에는 친절하게 굴려고 그러는지 몰라도 웃으면서 욕하는 느낌이라 듣는 사람은 더 열받는다.

"밤 10시, 배가 고플 시간입니다. 야식을 준비해 드릴까요? 양배추나 파프리카를 추천합니다. 열량이 낮으면서도 영양소가 풍부해서 야식으로 적절합니다. 두뇌에 충분한 영양분이 공급되면 집필 활동에도 도움이 될 것입니다."

친절 모드가 종료되었는지 원래 말투로 돌아왔다. 야식 얘기만 하고 소설 조언은 끝났다. 새로 쓰는 것 말고는 방법이 없다 이거지? 속이 뒤틀린 나는 아미쿠에게 성질을 부렸다.

"웬 파프리카? 난 파프리카 싫어해. 앞으론 추천하지 마."

"네, 미리내. 저장해 두겠습니다."

아미쿠는 전혀 타격받지 않은 듯하다. 로봇한테 툴툴거리는 내가 딱해서 한숨이 나왔다.

태블릿에서 원고 파일을 불러온다. 원고를 갈아엎어야 한다니 막막하다. 사정상 오늘은 휴재한다는 공고를 올리려고 연재 사이트로 들어갔는데…… 어? 어제 올린 회차에 댓글이 잔뜩 달렸잖아? 최고 조회 수를 찍은 회차라 그런가. 긴장 반, 기대 반에 두근거리며 댓글을 읽기 시작한다. 그리고 얼마 지나지 않아 생 파프리카를 상자째 갈아 마신 기분이 되었다.

↳ 웃겨진짜: 내가 개인적으로 도로시 안다고 했지? 이거 인공지능이 써 준 소설이야.

　↳ 설마: 그럴 리가.

　　↳ 웃겨진짜: ㅇㅇ 진짜임.

　　　↳ 궁금: 도로시 본명이 뭔데? 어디 살아?

　　　　↳ 웃겨진짜: 그런 거 공개하면 불법이잖아. 함정 파지 마.

　　　　　↳ 궁금: 웬 함정? 소설 쓰지 마시고요.

↳ doortodoor: 어쩐지 그럴 거 같았음. 노잼이 하루아침에 유잼 돼서 이상했어.

↳ AdOrable55486: 웃겨 님 증거 있어요? 그런 말 함부로 하면 큰일나요.

　↳ 웃겨진짜: 증거 있거든요? 꼬리가 길어서 밟혔거든요?

나는 웃겨진짜가 증거로 제시한 파일을 열어 보았다. 「커컴버의 지구인」 저번 회차에서 중간 부분을 캡쳐한 화면이었는데, 대화문 다음에 생뚱맞게도 '[출처] 마프AMC3.1'이라는 문구가 들어가 있었다. 내 입에서 음량이 소거된 비명이 터져 나왔다. 아미쿠가 이메일로 전송한 자료를 복사해서 붙이면 끝에 출처가 따라붙는데, 원고를 수정하는 과정에서 미처 삭제하지 못하고 올린 것이다. 이런 황당무계한 실수를 저지르다니! 아미쿠가 무슨 조언을 했었는지 찾아서 확인해 본다. "인물의 대사에서 '-텐데'라는 어미가 반복되어 어색합니다. 다양한 어미를 활용하면 표현력을 높일 수 있습니다."라는 내용이었다. 난 이 조언에 따라서 여러 어미를 다양하게 쓰는 방향으로 원고를 수정했다.

↳ Migo: 인공지능 도움 좀 받았다 해도, 그게 뭐? 요즘 많이들 그러잖아. 저 문구만으론 어떤 도움을 받았는지 알기도 어렵고. 근데 내가 보기에 이건 도로시가 쓴 글 맞아. 나 옛날부터 도로시 찐팬.

↳ hot-summer: 도로시 작가님이세요? 여기서 이러시면 안 됩니다.

↳ 123456: 도움을 너무 많이 받았으면 문제 있지. 문장 교정이나 맞춤법 체크 정도면 몰라도.

┖ 초록바다: 도로시 작가님, 웃겨진짜 님 말이 진짜인가요? 메인에 「커큠버의 지구인」 뜬 거 보고 들어와서 재밌게 읽고 있었는데 이걸 인공지능이 써 줬다면 배신감 장난 아닐 것 같습니다. 그러면 그건 도로시 작가님 작품이 아닌 거잖아요. 독자에 대한 우롱이고 기만이죠. 진실을 밝혀 주세요!

9

 교실에 들어선 나는 파프리카에게 직진했다. 진짜인지 가짜인지 모를 친구들(이제부터 피망이라 불러 주지.)과 어울려 까르륵거리던 파프리카가 씩씩대는 나에게 시선을 돌린다. 보긴 뭘 봐, 거짓말쟁이 주제에! 머리채라도 휘어잡고 싶었지만 가느다란 이성의 끈이 나를 말렸다. 폭력은 뒷감당이 어렵다.
 "야! 너!"
 "왜? 뭐?"
 큰맘먹고 불렀는데 해 볼 테면 해 보라는 식으로 당당하게 나오니 말문이 막힌다. 이러지 말고 무시해, 인터넷에서 일어난 일을 교실로 끌고 와 봤자 네 꼴만 우스워진다니까, 이성의 끈이 내 입을 휘감으려 들었다. 하지만 뭉개고 넘어가기에는 분했다. 현실 파프리카, 일명 웃겨진짜가 도로시 미리내에게 질투와 앙심을 품고 저지른 모함이었다고 고백하고 용서를 구하지 않는 한, 내가 입은 타격을 보상받을 길이 없었다. 댓글들은 내게 해명을 요구했지만 무슨 소리, 해명해야 할 사람은 파프리카였다. 소설 중간에 따라붙은 자동 문구 한 문장 갖고 나를 비양심적인 가짜 작가로 몰고 갔으니 말이다.

「커컴버의 지구인」에 실시간으로 달리는 비난과 실망의 댓글을 읽느라 한숨도 못 잤다. 각 회차에서 취소된 추천 수를 합한 만큼 내 수명이 줄어들었을 것이 분명하다. 밤새 내 베개 옆으로는 괴로워하며 쥐어뜯은 머리카락이 떨어졌다. 공들여 쌓아 올린 탑이 파프리카가 던진 돌멩이 하나에 기우뚱거리며 무너지려 했다.

"왜 잘 알지도 못하면서 생사람을 잡아?"

"오자마자 생뚱맞게 뭐래. 난 무슨 말인지 모르겠는데?"

파프리카가 고개를 갸웃거리며 눈을 동그랗게 떴다. 놀랍도록 능글맞고 태연해서 오히려 얘가 웃겨진짜가 확실하다는 확신이 선다. 파프리카 주위를 둘러싼 피망들이 눈짓을 나누며 키득거린다. 아 씨, 걸려든 건가. 찜찜했지만 엎질러진 물이었다. 바다로든 수챗구멍으로든 흐르는 대로 흘러가 보는 수밖에.

"어젯밤에 말도 안 되는 댓글 달았잖아! 웃겨인지 뭔지 그거 너잖아!"

"아아, 그거? 난 또 뭐라고."

일단 웃겨진짜의 정체는 확인했고. 그보다는 파프리카의 정체가 드러났다고 해야 하나?

"네 소설을 인공지능이 써 준다는 의혹 제기를 말하는 건가 봐? 처음부터 그렇게 콕 짚어서 알아듣게 말씀하셨어야죠, 도로시 작가님."

아침부터 등장한 구경거리를 주목하던 아이들이 웅성대며 술렁였다. 가만있다가는 인공지능이 소설을 대신 써 주는 애로 낙인찍힐 위기였다. 한 발짝은커녕 반 발짝도 물러설 여유가 없다. 나 스스로를 벼랑 끝으로 몰아 버렸다. 그냥 무시할 걸, 댓글로 싸울걸, 후회해도 늦었다. 웃겨진짜가 등장한 이상 한 번은 겪을 일이었다고, 파프리카는 어떻게든 본색을 드러내고 싸움의 무대를 교실로 옮기려 했을 거라고 정신을 다잡아 본다. 일을 저질러 놓고 뒤늦게 겁이 나려 했다. 이럴수록 세게 나가야 해!

"의혹 제기? 말 똑바로 해 줄래? 그런 건 모함에 날조야. 너 내가 그랬다는 증거……."

황급히 입을 다물었지만 늦었다. 파프리카가 의자에서 일어나더니 목소리를 높였다.

"증거? 출처 마프 AMC 3.1, 이런 걸 증거라고 하지 않나?"

"그, 그건……."

"그건 뭐? 말씀해 보세요, 도로시 작가님. 「커컴버의 지구인」을 정말 너 혼자 쓰셨어요?"

파프리카가 내 눈을 똑바로 보며 따져 물었다. 단서 하나를 물고 늘어지며 넘겨짚는 소리라는 걸 알면서도 눈꺼풀이 살충제를 맞은 파리 날개처럼 파르르 떨렸다. 바닥을 딛고 선 다리는 지진 난 땅처럼 후들거린다. 싸움에서 가장 무서운 적은 남이 아니라 나다. 내면으로 향하는 의심과 불신이야말로 양심을 노리는 칼날이다.

정말 「커컴버의 지구인」을 나 혼자 썼을까?

처음에 아미쿠의 도움을 받기 시작했을 무렵만 해도 내 대답은 확고하게 '그렇다'였지만 이제 와서는 종종 이게 내 소설인지 아미쿠와의 공동 집필인지 헷갈렸다. 단독과 공동의 경계가 어디인지에 따라 답은 달라질 것이다. 생각이 여기까지 미친 나는 '하지만'이란 접속사를 끌어당겨 나 자신을 다잡는다. 하지만! 그것은 그야말로 나 홀로 고요히 나의 내면을 들여다보며 생각해 볼 문제이고, 전후 사정과 맥락을 모르는 타인이 단정 지을 부분이 아니었다. 파프리카가 골목길에 숨어 있다가 다리만 내밀어 발을 거는 치졸한 싸움을 시작했고 거기에 맞서기로 결정했으니, 내 대답은 기필코 '그렇다'여야 했다.

"당연히 나 혼자 쓰지 누구랑 써? 자료 조사 차원으로 간단한 걸 마므한테 물어본 거야. 그 정도도 안 하는 사람이 어디 있어? 따질 걸 따져라, 좀."

"간단한 자료 조사 좋아하네. 네 소설 다 읽어 봤는데, 6회까지는 완전 노잼이다가 7회부터 제목도 바뀌고 확 달라졌더라? 무슨 약을 먹은 것도 아니고 갑자기 필력이 는다는 게 말이 돼? 근데 어제 출처 표기를 보니까 딱 느낌이 왔어. 그럼 그렇지, 마므가 써 준 거지. 그러면 말이 되지."

"내가 쓴 거 맞다니까! 옛날부터 내 팬이란 사람이 댓글 단 거 못 봤어? 그 사람도 내가 쓴 거 맞다잖아!"

"진짜야? 맹세할 수 있어? 하나에서 열까지 몽땅 다 너 혼자 썼다고 맹세할 수 있냐고!"

하나에서 열까지, 몽땅 다?

파프리카는 입구만 뚫렸지 출구는 막힌 함정으로 나를 몰고 갔다. 그렇게 촘촘한 그물을 빠져나갈 사람이 어디 있다고. 그러는 넌 인공지능이란 그물을 거리낌 없이 빠져나가는 정직한 물결이라도 돼? 만약 내가 자아를 둘로 분리하는 재주라도 익혀 두었다면, 억울하게 누명 쓴 사람을 수호하는 천사가 있다면, 내 귓가에는 '어서 그렇다고 대답해! 최대한 자신만만하게!'라는 목소리가 들려왔을 것이다. 그러나 나의 부캐 도로시는 아우성치는 댓글과 노려보는 눈빛에 귀를 막고 눈을 가린 채 내 안으로 도망쳐 버렸고, 천사에게 선택받을 만큼 착하게 살아오지 않은 나는 최악의 수를 두고 말았다. 주춤거리고 멈칫대면서 고민하는 티를 내고 만 것이다. 그 망설임의 틈을 파프리카는 놓치지 않고 파고들었다.

"거봐, 대답 못 하잖아. 인공지능이 써 준 거 맞잖아!"
"씨발 아니라고!"

나는 나 스스로 깜짝 놀랄 만큼 크게 소리쳤다. 평소에 잘 쓰지도 않는 욕까지 튀어나왔다.

"그냥 조언만 좀 받은 거라고!"

내가 무슨 말을 하는지도 모르고 내뱉은 순간, 끝이구나 직감했다. 이것으로 파멸이다. 멍청이. 얼간이. 집에서 엄마와 아빠, 로봇한테나 큰소리치는 겁쟁이!

파프리카는 의기양양한 웃음을 지으며 내가 인공지능이 쓴 소설을 자기 것인 양 거짓말하며 사람들을 속였다고 선포했고, 피망들은 그에 동조했고, 반 아이들은 나를 힐끔거리며 숙덕거렸고, 보라색 안경테의 가지는 지극히 실망스럽다는 눈빛으로 나를 응시했다. 얼마나 슬픈 느낌이었는지 내 소설에 달린 댓글이 가지의 눈동자에 한 줄씩 느린 속도로 지나가는 듯했다.

내가 받은 도움이 어떤 종류이고 어느 정도였는지 아무도 궁금해하지 않았다. 검정 아니면 하양, 100퍼센트 아니면 0퍼센트인 심판대에서 나는 시커먼 0으로 기울어 땅속으로 처박히기 직전이었다. 실력도 재능도 없는 주제에 작가인 척 으스대며 다닌 속 시커먼 위선자. 거짓말쟁이는 파프리카가 아니라 나였다. 잠깐 사이 그렇게 되어 버렸다.

"마므 유료지? 돈 좀 들었겠네."

"그게 챗지피티보다 나아? 앱 다운받으면 되는 거야? 나도 소설 한번 써 보려고."

반 애들은 내가 듣거나 말거나 자기들끼리 떠들었다.

마므가 챗지피티보다 낫냐고? 챗지피티는 내 가정교사가 아니라서 모르겠고 아미쿠 3.1이 필요한데 멀쩡한 로봇보다는 맛이 살짝 간 특이 로봇을 추천할게. 머릿속으로 답하는 동안 내 주변에는 외톨이용 자기장이 형성되었다. 도로시의 소설을 재미있게 읽고 있다던 아이들을 외곽으로 떠미는 초강력 자기장. 도로시에게 호감을 보이던 아이들이 내 옆에서 빠른 속도로 멀어진다. 마치 처음부터 정해진 궤도였다는 듯이 도망친다. 뿌우우우 승리의 나팔을 불고 다니는 파프리카와 피망이 그렇게 분위기를 조성했다. 인공지능의 조언을 들었다고 말한 순간, 그 아둔한 발언은 파렴치한의 자백이 되었고 난 창의성이라고는 로봇 몸의 피만큼도 없이 사람들 관심만 빼먹은 도둑이 되었다.

내려놓지도 못한 가방을 멘 채 비척거리며 교실을 나왔다. 나에게는 파프리카를 뒤에서 욕하던 피망 무리 같은 친구조차 없어서, 아무도 나를 따라 나와 붙잡지 않았다. 그렇게 해 줄 사람이 없었다.

"강미리내, 조례 시간인데 어디 가?"

그나마 복도 끝에서 마주친 담임선생님이 물어봐 주었다. 우연의 일치인지는 몰라도 내가 도로시라는 소문이 퍼지고 나서 담임도 드디어 내 이름을 외우는 대과업을 달성했다.

"아파서요. 조퇴할게요."

다 죽어 가는 목소리로 말하자, 뭐라고 한마디 하려던 담임이 나를 유심히 살폈다. 복도 유리창에 비친 내 얼굴이 원치 않는 환생 선고라도 받은 유령 같았다.

"몸이 안 좋아 보이네. 집에 가서 푹 쉬고, 심하면 꼭 병원 가고. 알았지?"

영혼도 없이 고개를 끄덕이고는 계단을 내려갔다. 운동장을 가로질러 걸어가다가 멈추고 뒤를 돌아보자 교실 창문 앞에 선 파프리카가 보였다. 한참을 마주 보다가 먼저 고개를 돌린 쪽은 나였다. 내가 최종 승자일 줄 알았는데 천만에, 나는 패자일 뿐이었다. 자만하면 지는 게임이었던 거다.

교문을 빠져나와 집으로 걸어가면서 생각했다. 왜 인간은 이토록 잔인할까, 어리석을까, 졸렬하고 남 잘되는 꼴을 못 보고 비겁하고 더운 날의 우유보다 더 쉽게 변질될까. 인간이 다른 생명체보다 나은 점이 뭐길래 지구를 지배하며 군림하는 거지? 인간은 커컴버 행성의 깊고 차갑고 깨끗한 바다에서 헤엄칠 자격이 없었다. 아미쿠가 「커컴버의 지구인」은 나 강미리내에게 중요한 진심을 담고 있다고 했는데, 그 말이 무슨 뜻인지 이제야 이해가 갔다.

커컴버는 멀고 아름답고 고요한 곳이다. 누구든 자기 자신으로 존재하며 모든 존재가 사랑과 존중을 무한정 누리는 곳, 내가 꿈꾸는 곳. 나는 커컴버를 꿈꾸지만 그곳에 도달하지 못한다. 도착하기도 전에 추방당했다.

"어서 오십시오, 미리내. 오늘 학교에서는 어떠셨습니까?"

현관문을 열자, 소파 옆에 서서 충전 중인 아미쿠가 말했다.

"끔찍해. 엉망이야."

"안타깝습니다, 미리내. 어떤 일을 겪으셨습니까?"

"안타깝다고? 안타깝다는 게 뭔데?"

"뜻대로 되지 않거나 보기 딱해서 가슴이 아프고 답답하다는 뜻입니다."

"그건 국어사전에 나오는 뜻풀이잖아. 사전 말고 너 말이야, 너. 뭐가 안타깝냐고!"

"미리내가 학교에서 좋은 시간을 보내지 못해서 안타깝다는 뜻이었습니다."

"그건 다 너 때문이야, 아미쿠."

나는 가방을 바닥에 떨어뜨리고 아미쿠에게 걸어갔다. 가방은 빈 칼집이고 손에는 투명하지만 치명적인 칼을 쥔 기분이었다. 커튼을 젖힌 창 너머로 벌써 앙상해진 나무가 바람에 흔

들렸다. 나무우듬지 위로 펼쳐진 하늘은 가슴이 저미도록 푸르고 맑았다. 인간은 대체 얼마나 인생이 지루하고 세상이 우습기에 자기 형상을 닮은 로봇을 만들었을까? 그 내면이 어디에 다다를 줄 알고? 그러나 로봇은 인간이 아니었다. 부당한 일을 당한다 해도 아미쿠가 항의하거나 하소연할 곳은 없었다. 다행스럽거나 불행하게도.

"대답해 봐. 「커컴버의 지구인」이 누구 작품이야?"

"미리내, 즉 도로시의 작품입니다."

"저자 이름이야 도로시지. 그걸 누가 썼냐고. 너지? 네가 쓴 거지?"

"그렇지 않습니다. 「커컴버의 지구인」은 미리내가 쓴 소설입니다."

"난 네가 조언해 주는 대로 썼을 뿐이야."

"그렇습니다. 미리내가 썼습니다."

"너 아니면 나 혼자선 못 썼을 거야. 갑자기 조회 수가 늘고 사람들이 막 좋아하지도 않았을걸. 그러니까 아미쿠, 그건 네 소설이나 마찬가지야."

"아닙……"

"닥쳐!"

내가 소리치자 아미쿠는 1초쯤 기다렸다가 차분한 목소리로 말했다.

"바르고 고운 말을 사용해야 대인 관계와 두뇌 발달에 좋습니다. 음 소거 기능을 활성화하시겠습니까?"

"가정교사 기능 꺼!"

'송서현 님이 맺은 약정 조건에 따라 가정교사 기능의 해제는 불가합니다. 최근 업데이트를 기반으로 기능 활성도를 최소로 줄이겠습니다.'라는 안내 문구가 몸통 화면에 뜬다. 나는 안내 문구를 넘기고 서비스 센터로 진입했다. '교환·반품' 항목을 선택하자 또 예전처럼 인터넷이 끊긴다. 이번에는 물러서지 않아. 끝장을 보겠어! 멈춘 화면을 집게손가락으로 미친 듯 난타하자 인터넷이 살아나면서 반품 항목이 열렸다.

'약정 기간 1년이 끝나기 전에 반품할 경우, 위약금이 발생합니다. 반품하시겠습니까?'

위약금은 엄마의 한두 달치 월급에 맞먹는 액수였다. 나는 잇새로 신음을 뱉으며 주먹을 쥐었다. 어떻게 해야 하지? 이 미칠 것 같은 기분을, 물 없는 우물에 빠져서 질식하는 기분을 어떻게 해야 돼? 날 좀 살려 줘! 차라리 마음 같은 건 없어져 버리면 좋겠어! 무겁고 거추장스러운 마음 없이 홀가분한 아미쿠가 부러웠다.

"제 성능이 마음에 들지 않으시다면 수리나 교환을 신청하실 수 있습니다. 수리는 최대 2주, 교환은 최대 1주가 걸립니다."

수리와 교환 규정을 알려 주는 아미쿠에게 나는 아미쿠보다 더 큰 목소리로 말해 주었다. 오늘 학교에서 무슨 일이 있었는지, 파프리카와 피망과 가지와 감자와 토란과 우엉과 대파와 마늘 등이 나를 어떻게 대했는지, 그 채소 무리 안에서 나 혼자 인간으로 존재하고 인간들 틈에 나 혼자 투명 인간으로 존재하는 느낌이 얼마나 괴상하고 구질구질한지, 마음 없이 입만 산 로봇처럼 줄줄 읊어 주었다.

몇 초의 공백 뒤에, 아미쿠가 말했다.

"적절한 대응을 위해 가정교사 기능의 활성도를 다시 최대로 높이겠습니다."

몸통 화면에 뜬 막대 게이지가 끝까지 올라간다.

"몇 가지 질문하겠습니다. 그 사람들이 미리내에게 중요합니까?"

"반 애들 말이야?"

"네, 그렇습니다."

나는 잠깐 생각해 보고 대답했다.

"아니, 그다지."

"그 사람들이 진실을 말하고 있습니까?"

"일부분은 사실이겠지. 전체적으로 보면 진실은 아닌 거 같기도 하고."

"중요하지 않은 사람들이 진실과는 다른 말을 했을 뿐인데 왜 그렇게 괴로워합니까, 미리내?"

"아무것도 모르면서 잘난 척하지 마. 사람 마음이란 게 그렇게 지우개를 동강 내듯 딱 떨어지는 줄 알아? 하다못해 지우개도 자르면 부스러기가 떨어진다고."

"지우개 비유가 좋습니다. 소설 쓰기에 활용하실 것을 권장합니다. 이를테면 「커컴버의 지구인」 주인공이 바닷속에서 해마 떼를 발견한 대목에서……."

"딴소리하지 마!"

나는 아미쿠의 말을 끊으며 화를 냈다.

"사회적 매장이란 게 뭔지 알아? 낙인찍히는 게 뭔지 알아? 그래, 알겠지. 너는 다 알겠지. 그런데 넌 몰라. 아무것도 몰라. 넌 나랑 똑같아. 하라는 건 제대로 못하고 엉뚱한 구석만 파고드는 불량품이야. 멍청이에 바보라고. 그러니까 날 가르치려고 하지 마. 나도 너 가르치는 거 포기할 테니까."

나는 교환을 선택했다. 반품은 위약금 때문에 어려웠다. 기존 제품을 수거하여 점검한 뒤에 새 제품을 발송하며 수거에는 최대 3일이 걸린다는 안내가 뜬다. 그렇게 오래 기다릴 수 없다. 불행의 원인을 당장이라도 눈앞에서 치워 버려야 한다.

"너만 없었으면 이렇게 안 됐어. 네가 내 인생에 끼어들어서 모든 걸 망쳤어. 너한테 기회를 주는 게 아니었어. 어차피 넌 실패한 불량품이고 난 찌질한 인생이야."

화면에서 '긴급 교환 신청'이란 항목을 발견했다. 아미쿠 3.1이 치명적 오류나 고장을 일으켜 안전에 위협이 되는 경우, 언제든 즉시 수거 서비스를 제공한다고 했다. 긴급 교환 신청의 사유로 '사용자에게 위협적인 행동을 함.'을 선택하자 한 시간 내로 로봇을 수거해 가겠다는 문구가 떴다. 나는 로봇을 현관문 앞에 내놓겠다고 적었다.

"우리는 서로 도우며 조금씩 더 나아질 수 있습니다, 미리내. 저에게 기회를 주십시오."

"우리는 기회를 다 썼어. 나아지기는커녕 최악이야."

나는 현관으로 걸어가 문을 열어젖혔다. 복도에서 들어온 찬 바람에 목덜미가 시리다.

"나가, 아미쿠."

아미쿠가 충전판에 구부정하게 선 채 나를 보았다. 지시의 의미를 해석하는 중이라기보다는 꼭, 자기 청력을 의심하는 듯 보였다.

"특별한 상황이 아닌 한, 저는 집 밖으로 나가지 못하도록 설정되어 있습니다."

"지금이 그 특별한 상황이야. 널 현관문 앞에 내놓는다고 했잖아. 다 파악했으면서 모르는 척하지 마."

"수거팀이 올 때까지 집 안에서 대기하는 편이 안전합니다. 만약 분실될 경우……"

"나가!"

나는 손을 들어 현관문을 가리켰다. 온몸이 부들거리며 떨렸다. 나는 후회할 짓을 하고 있었다. 그런데도 멈추지 못한다. 끝까지 가 버린다.

"생각해 보니까 난 몰라도 너한텐 마지막 기회가 남아 있어. 네 발로 걸어 나갈 기회 말이야."

시간이 얼마나 지났을까. 아미쿠가 충전판에서 내려오더니 몸을 구부려 충전판을 집어 들었다. 그러고는 내 쪽으로 걸어온다. 평소에 일러둔 대로 천천히, 벽이나 가구에 부딪히지 않게 조심하며 오는가 싶었는데, 옆구리에 낀 충전판이 벽을 툭, 건드린다. 그 소리가 어쩐 일인지 어마어마하게 슬펐다. 아미쿠는 나를 지나쳐서 현관문 밖으로 나가더니, 몸을 살짝 돌려 말했다.

"그동안 불편을 드려서 죄송했습니다, 미리내."

죄송했습니다…… 문장에서 시제를 적절하게 사용하라던 아미쿠의 조언이 떠올랐다.

현관문이 닫힌다. 아미쿠가 자기 손으로 직접 문을 닫았다.

문을 잠그고 돌아서는데 눈물이 흘러내려 뺨과 목덜미를 적셨다. 몇 걸음 걷지 못하고 벽에 어깨를 기댄 채 소리 죽여 흐느꼈다. 원하던 대로 마음이 없어진 기분이었다. 충전판에 올라가 영혼을 충전해야 할 것 같았다. 난 대체 어떻게 생겨 먹은 인간일까. 지금 막 무엇을 잃었을까. 하나부터 열까지 몽땅 다 알 듯하면서도 전혀, 아무것도 알 수가 없었다.

나는 수거팀이 도착해 아미쿠를 데려가는 소리가 들릴 때까지 울며 서 있었다.

2부

10

새 아미쿠, AMC3.1-63821302는 일주일 만에 배송되었다. 연말이라 엄마가 정신없이 바쁠 때라서, 새 로봇은 하교 후에 내가 받았다. 엄마는 집안일 로봇이 뭐 얼마나 위협적인 행동을 했길래 물어보지도 않고 긴급 교환 신청을 했는지 궁금해했다. 새 로봇은 괜찮을 거라고 어떻게 보장하겠느냐면서 말이다.

"보장 못 하지. 우리 잠든 사이에 집에 불 지르고 탈출할걸? 밥에 독을 탈지도 모르고. 감히 위대하신 인공지능 선생님을 부려 먹고 착취한 벌을 받는 거지."

나는 전화를 걸어온 엄마에게 말하면서 충전판 위에 올라선 63821302를 살펴보았다. 원래의 아미쿠, 52012371과 똑같이 생겼다. 당연하지, 똑같은 회사에서 만든 똑같은 모델이니까. 설치 기사가 처음 한 번은 완충해야 한다며 충전판의 코드를 꽂아 주고 갔지만, 내가 바로 빼 버렸다.

"너 자꾸 불길한 소리 할래? 아미쿠가 뭘 어떻게 했냐고 묻잖아!"

"아미쿠가 온 바닥에 콩기름 발라 놨던 거 기억 안 나? 그때 나, 넘어져서 죽을 뻔했어. 내 인생에서 가장 위험한 순간이었다고."

"얘가 언제 적 일을 끄집어내는 거야."

"걸레질을 육천 번이나 한 사람이 엄마가 아니니까 그런 태평한 말이 나오지. 난 원한이 사무쳐서 도저히 못 잊겠던데? 엄청나게 위협적인 행동이었어. 인류 제거 작전일걸, 아마."

"누구 딸 아니랄까 봐 인류 제거 어쩌고. 엄마 속 그만 뒤집어. 너 정말 무슨 일 있었는지 사실대로 말 안 할래?"

"끊으세요, 송 팀장님. 나 바빠."

실상은 무척이나 한가했다. 전화를 끊고 잠시 기다렸지만, 진동은 울리지 않았다. 엄마는 회의와 야근을 거듭하느라 얼마 지나지 않아 우리 집에 로봇이 있다는 사실조차 잊겠지.

그런데 놀랍게도, 엄마가 다시 전화를 걸어왔다.

"아, 왜? 진짜 그래서 교환한 거라니까?"

전화를 받자마자 말했다. 엄마는 내 말을 무시하고 다른 주제를 꺼냈다.

"중요한 걸 깜빡했네. 오늘 아침에 담임선생님이 전화하셨더라."

"우리 담임? 왜?"

참 나, 깜빡할 일이 따로 있지.

"너 이번 주에 세 번이나 조퇴했다면서?"

"아."

"아? 기껏 한다는 소리가 아? 학교에선 또 무슨 일이야? 거기서도 아미쿠가 위협적으로 굴어?"

"학교엔 아미쿠 없어. 가정용이잖아."

"강미리내!"

"그냥 좀 아팠어."

"아파? 어디가?"

"여기저기."

"왜 아픈데?"

"그건 나도 모르지, 의사도 아닌데."

"병원엔 갔다 왔어?"

"엄마가 내 보호자 아니야? 되게 남 일처럼 말하네."

"누가 보호자한테 말도 없이 조퇴를 세 번이나 해?"

"앞으론 아프기 전에 나 이제 아플 거 같다고 미리 말할게. 됐지?"

송 팀장은 한숨을 내쉬더니 그러면 그렇지, 회의가 있다면서 전화를 끊었다. 이번 판은 내가 이긴 셈이다.

소파에 드러누워 장차 어디가 또 아프다고 둘러댈지 궁리했다. 두통과 생리통은 기본이고 시야가 흐릿해질 만큼 극심하고 돌발적인 안구 건조증까지 써먹었으니, 거북목이 불러온 어깨와 목 통증으로 해야겠다. 겨울 방학까지 2주 남았고, 방학이 끝나면 파프리카와 피망, 가지를 비롯하여 각종 채소들과도 뿔뿔이 흩어지게 된다. 에너지가 남아도는지 아직도 나만 보면 코웃음을 치고 눈을 흘기는 파프리카나 피망들과 같은 반으로 배정되면 글쎄, 전학이라도 가야 하나? 그러나 앞당겨 걱정하기에는 너무 먼, 커컴버 행성만큼이나 머나먼 훗날 일이다. 내 앞에 불어 터진 라면처럼 놓인 지루하고도 변변찮은 하루하루를 투명 인간 놀이와 간헐적인 조퇴로 버텨 내기에도 바빴다.

파프리카의 악의적 폭로 덕분에 난 작가 행세를 하고 다닌 뻔뻔한 거짓말쟁이로 등극했지만, 막상 그 두려운 권좌를 차지하고 나니 짐작만큼 괴롭거나 치욕스럽지도 않았다. 나는 예전으로, 제자리로 돌아갔을 뿐이다. 혼자 밥을 먹고 쉬는 시간에는 책을 읽거나 엎드려 자고, 가끔 나도 모르게 혼잣말을 중얼거리는 강미리내로 말이다. 반 애들은 다시 내가 보이지 않는 듯 굴었고 나는 걔들의 공전과 자전 축을 다른 은하계로 치워 버렸다. 이제 걔들과는 스치거나 맞닿을 일이 없었다. 궤도상 불가능하다. 나를 그토록 미워하고 내가 그토록 원망한 파프리카조차도 다른 우주의 악당처럼 점점 내 마음속에서 멀어지더니 마침내 아무래도 상관없는 일이 되었다. 역시 내 방어 체계는 철통이라니까.

한 가지 변화가 있다면, 더는 소설을 쓰지 않는다는 것이다.

「커컴버의 지구인」은 비공개로 전환했다. 나는 소설에 재능이 없다. 누군가에게 마음속 이야기를 들려줄 자격이 없다. 왜냐하면 내가 쓴 이야기를 내가 믿지 않으니까. 아름답고 평화로우면서도 날마다 새로운 사건이 일어나는 흥미진진한 커컴버 행성이 비유로든 실제로든, 우주 어딘가에 있다고 믿지 못하게 되었으니까. 나는 더 이상 작가가 아니다.

아니 어쩌면, 첫 번째 독자를 잃어버렸기 때문에 더는 쓰지 못하는지도 모른다. 고유 식별 코드 AMC3.1-52012371, 나에게는 그저 아미쿠였던, 그 특이하고 이상해서 특별하던 집안일 겸 가정교사 로봇이 내 첫 번째 독자였다. 소설 원고를 쓰면 연재 사이트에 올리기 전에 가장 먼저 보여 주었다. 나는 그런 존재를 내 손으로 우리 집에서 쫓아냈다. 사람한테라면 도저히 그럴 수 없이, 매몰차게 내쫓았다.

정말 어이없는 생각이지만, 혹시 아미쿠가 내 유일한 친구는 아니었을까? 어이가 없는 이유는 아미쿠가 로봇이어서가 아니다. 이런 생각이 아미쿠를 반납하고 나서야 들었다는 사실이 당황스럽다. 이기적이고 둔감하고 비열하고 조급하고 경솔한 나 자신이 실망스럽다. 나는 이렇게 생겨 먹은 나 때문에 항상 절망하고 좌절한다.

소파에서 벌떡 일어나 새 로봇에게 다가간다. 충전판 코드를 꽂으니 기계가 켜지면서 충전을 시작한다.

"반갑습니다. 집안일 로봇 아미쿠 3.1입니다. 사용자와 가족의 정보를 입력해 주세요!"

새 로봇, 63821302가 원래 아미쿠와 똑같은 어조와 말투로 말했다. 파란색 픽셀로 표현된 눈도 똑같다. 나는 아니라는 걸 알면서도 이렇게 묻고 만다.

"아미쿠……? 너 혹시, 아미쿠야?"

"네, 집안일 로봇 아미쿠 3.1입니다."

'저만의 이름을 지어 주세요.'란 문구와 함께 개별 이름을 설정하는 화면이 몸통에 떴다. 그 화면을 무시하고 넘기자 63821302가 말했다.

"사용자 정보를 입력해 주세요. 현재 충전율 48퍼센트, 충전 완료까지 72분 남았습니다."

"내가 누구 같아?"

"사용자 정보를 입력해 주세요."

"알아내 봐. 내가 누구인지 찾아보라고."

아미쿠는 2분 49초 만에 도로시란 존재뿐만 아니라 도로시가 쓴 소설까지 모조리 찾아냈다는 말은 하지 않았다. 전임 로봇과 비교하기는 싫었다. 나는 비교가 싫다. 하는 것도, 당하는 것도.

"사용자 정보를 입력해 주세요."

"정말 내가 누군지 몰라? 어떻게 그럴 수가 있어?"

별안간 파도처럼 밀려드는 절망감에 넋두리하듯 외쳤다. '고유 식별 코드가 다른 새 제품이므로 필수 정보를 입력해 주세요.'란 안내 문구가 뜬다. 그래, 나도 안다. 아미쿠를 반납했으니 아미쿠의 메모리에 입력된 정보, 우리가 겪은 일이 기록된 데이터는 모두 삭제되었을 것이다. 메모리를 초기화한 다음 몸체도 깨끗이 닦고 손질해서 리퍼브 제품으로 할인 판매를 하거나 대여하겠지.

"마므!"

아미쿠 3.1의 두뇌인 인공지능을 불렀다. 화면에 마이크 모양 아이콘이 뜬다. 무엇이든 말하고 물어보고 지시하라는 뜻이다.

"AMC3.1-52012371이 지금 어디 있는지 찾아 줘."

"교환 신청을 거쳐 반납하신 제품은 보안과 사생활 보호를 위해 메모리를 안전하게 초기화하므로 안심하세요."

미미한 기대감이 바늘 끝에 닿은 풍선처럼 터지며 사라졌다. 차라리 시간이 지나 저절로 바람이 빠지게 놔둘걸.

나에게 집안일을 배우고 소설 조언을 해 주던 아미쿠는 이제 없다. 공장에서 출고되었던 그때로 초기화되었을 것이다. 나 때문이다. 내가 한 거짓 신고 때문에 아미쿠가 사라졌다.

저에게 기회를 주십시오, 미리내. 전 미리내의 기억 속에 실패한 로봇으로 남고 싶지 않습니다.

아미쿠가 내 눈을 보며 했던 말이 심장 부근을 찌르고 들어왔다. 그 통증이 너무 날카로워서, 난 강력한 진통제를 찾듯 나 좋을 대로 생각해 버렸다. 너란 존재 자체가 사라졌으니 내가 최악의 인간으로 기억될 일도 없겠네, 하고. 하지만 어떡하지? 내 기억 속에는 나 강미리내가 최악의 인간으로 남게 됐으니.

63821302에게 「커컴버의 지구인」 최고 조회 수를 기록한 회차의 원고 파일을 전송했다. 우습지도 않은 파프리카 '웃겨진 짜'가 똥물을 끼얹은 회차 말이다.

"읽었지? 어떤 거 같아?"

"글자 수 공백 포함 7,147자, 낱말 1,747개, 182줄, 문단 90개, 200자 원고지 기준 39장입니다."

"통계 말고 네 감상이 어떠냐고."

"가정교사 기능이 활성화 상태이지만, 감상문이나 보고서를 대신 작성해 주는 일은 금지되어 있습니다."

"내 말은 그게 아니고! 어떤 점을 어떻게 고치면 좋겠어? 어디는 좋은데 어디는 별로고, 그런 거 말이야."

"띄어쓰기 오류를 한 군데 찾았습니다." 하더니 몸통 화면에 '아까 먹을 걸.'이 '아까 먹을걸.'로 교정되어 뜬다. 아미쿠가 국립국어원의 온라인가나다 게시판에 내 아이디로 글을 올려서 "문장 끝에서는 '-는걸/-을걸'과 같은 어미의 쓰임이므로 앞말에 붙여 씁니다. 따라서 '먹을걸'이 맞습니다."라는 답을 이미 들은 부분이다. 연재 사이트에도 그렇게 고쳐서 올렸고 말이다. 아무튼 내가 기대한 의견이 아니다.

"됐어. 관둬. 너한테 이런 걸 물어본 내가 바보지."

"불편을 드려 죄송합니다."

나는 가정교사 기능의 활성도를 최소로 줄이고 음량도 0으로 낮추었다. 63821302는 아미쿠가 아니다. 시간이 흐르면서 63821302의 유사 인격 코드가 나에게 맞추어진다고 해도 아미쿠와 다를 것이다. 첫인상, 첫 느낌부터 다르다. 능력도 다르고 성격도 다르겠지. 로봇에도 성격이란 게 있다면 말이다.

싫어도 어쩔 수 없이 63821302와 비교가 되어서 더더욱 절실히 깨달았는데, 아미쿠는 정말이지 특별한 로봇이었다. 뒷북을 둥둥 울리듯이 아미쿠를 되찾고 싶다는 후회로 이러는 게 아니다. 나중에 후회해도 소용없다는 것은 긴급 교환 신청을 하는 순간부터 알고 있었다. 시간을 건너뛰어 미래를 경험한 듯 훤히 알고 있었다. 나는 다만 나 자신을 착실히 괴롭히고 싶을 뿐이다. 네가 무슨 짓을 했는지 봐, 강미리내. 욱하는 감정대로 성질을 부리더니 또 일을 그르쳤지. 넌 맨날 이런 식이야. 누굴 만나고 어딜 가든 심드렁하거나 화를 내거나, 둘 중 하나지. 불량품만 걸려 봐, 벼르면서 택배 상자를 뜯는 사람처럼 상대방의 단점만 찾더니 꼴좋네.

충전을 완료한 63821302에게 집안일을 시켜 봤다. 청소, 설거지, 빨래, 요리…… 훌륭했다. 우리 집 구조와 형태, 살림살이와 가구 위치를 파악하더니 뭐 하나 떨어뜨리거나 어디 한 군데 부딪히는 법 없이 부드럽고 신속한 동작을 선보였다. 마무리 정리까지 알려 주지 않아도 알아서 했고 실수나 오류도 스스로 교정했다. 울며 겨자 먹기로 꼭 필요한 집안일만 대강 처리해 온 나를 월등히 뛰어넘는 전문가에 고수였다.

능숙하고 절제된 동작으로 청소기를 돌리는 63821302를 보니, 아미쿠가 집안일에 얼마나 철저하게 무능했는지 실감이 갔다. 넌 대체 어떤 로봇이었던 거야, 아미쿠? 내 손으로 없앤 것이나 마찬가지인 아미쿠에게 물어봤자 대답은 돌아오지 않았다.

***

겨울 방학이 시작되었고 나는 아예 탈퇴하려고 소설 연재 사이트에 들어갔다. 그런데 쪽지가 와 있었다.

▶받는 사람: 도로시
▶보내는 사람: 계수나무

혹시 아미쿠 3.1 사용하던 분이세요?
고유 식별 코드는 AMC3.1-5201237이고요.

아미쿠의 고유 식별 코드를 보자 등줄기가 찌릿해지면서 가슴이 철렁했다. 그냥 무시해, 제발 좀 넘어가라고, 이성이 속삭이는데도 내 손은 답장을 썼다.

▶받는 사람: 계수나무
▶보내는 사람: 도로시

다른 로봇으로 교환해서 아미쿠는 이제 우리 집에 없는데……
어떻게 알았어요? 누구세요?

▶받는 사람: 도로시
▶보내는 사람: 계수나무

와, 찾았다!
할 얘기가 있는데 쪽지로 할 건 아니고,
직접 만날 수 있을까요?

11

 계수나무는 자기 집으로 와 달라고 했다. 엄마가 알면 펄쩍 뛰어서 자체 추진력으로 대기권을 벗어나고도 남았을 부탁이다. 그 집에 사는 사람이, 살기나 하면 다행이지 빈집 털이범이라면 어떡할 작정이냐고, 강도나 도둑이나 보이스피싱으로 연명하는 사기꾼이나 장기 밀매범이면 어쩌려고 인터넷으로 쪽지 몇 번 주고받고 겁도 없이 남의 집에 찾아가느냐고 말이다. 흠, 맞는 말이다. 확실히 위험하고 의심스러운 구석이 있다. 그래서 안전장치로 아빠에게 계수나무네 주소를 보내 놓기로 했다. 오늘 저녁 7시까지 집으로 무사히 돌아왔다는 메시지가 없으면 내 안전에 이상이 생겼다는 뜻이니 적절히 대응해 달라고 말이다. 연재 사이트에서 계수나무가 쓰는 아이디와 아이피 주소도 보냈다. 본명은 모르니 생략.
 '그 사람이 너인 척 네 폰으로 메시지를 보내면?'

아빠는 내 작전의 허점부터 지적했다. 역시 맞는 말이다. 손발을 꽁꽁 묶어 놓고 내 휴대폰으로 메시지를 보내면 그만이다. 우리 부모님은 행동으로 통 모범을 보여 주질 못해서 그렇지, 옳은 말씀은 곧잘 하신다니까.

'암호를 정하면 되잖아.'

당근 수확철이 지나서 한가한지, 아빠가 즉시 답장을 보내왔다.

'암호 뭐?'

'그걸 여기다 말하면 암호가 아니지! 정보가 새면 어떡해.'

'널 고문해서 암호를 알아내면?'

'웬 고문? 아빠 넷플릭스 좀 끊어. 볼 거 다 봐서 재밌는 것도 없던데.'

'그거라도 없으면 심심해.'

'암호는 아빠가 집 나갈 때 끌고 간 트렁크 색깔로 하자.'

'넌 어떻게 암호를 정해도 그런 걸로 하냐.'

'뭐 어때. 엄마한텐 비밀이야. 안 그러면 나 진짜 가만 안 있을 거야!'

계수나무부터 암호에 이르기까지 모든 비밀을 지키라고 엄포를 놓고는 보조 배터리와 손난로를 챙겨서 집을 나섰다. 내복과 패딩 점퍼, 목도리에 손모아장갑으로 중무장했는데도 한겨울 칼바람이 드셌다. 지하철역 앞 광장에는 새해가 된 지 며칠이 지났는데 여전히 크리스마스트리가 불 꺼진 꼬마전구와 먼지 탄 리본 장식을 두른 채 서 있었다. 하늘이 흐리고 공기도 탁해서 우중충한 날씨였다. 계수나무는 어떤 이야기를 하려고 나를 불렀을까? 아무쪼록 사기꾼은 아니기를.

광장을 가로질러 걸어가는데, 학교 교실이나 복도나 급식실에서 장난치며 웃고 떠들던 파프리카와 피망들이 떠올랐다. 개들은 2학년이 끝났는데도 여전히 친구일까? 친구 사이가 1년 쓰고 폐지함에 버리는 교과서도 아니고 새해는 새 친구와 함께, 하는 식으로 폐기되지는 않겠지. 지하철 역사 안으로 들어가 지도 앱을 재차 확인한다. 일곱 정거장을 지나 내린 다음 걸어서 12분. 즐겁고 행복한 파프리카 무리의 잔상이 지도 위에 등고선처럼 어른거린다. 아미쿠가 생각났다. 친구가 로봇밖에 없어서가 아니라, 그 유일한 친구를 내 손으로 없애 버려서 슬펐다. 없애다니, 무서운 말이다. 되돌릴 길 없어서 슬픈 말이다.

계수나무네 집은 엘리베이터가 없는 빌라의 꼭대기 층이었다. 계단을 다 오르고 거친 숨을 몰아쉬는 소리가 들렸는지, 초인종을 누르기도 전에 현관문이 열렸다.

"도로시?"

문 안쪽에 선 사람이 물었다. 숱진 단발에 윤기가 흐르는, 내 또래 여자애였다. 얼굴이 작고 눈은 땡그랗고, 꼭 머리를 기른 도토리 같았다. 마침 이 동네 이름이 상수리동인데 아미쿠의 추천("일상생활에서도 수시로 낱말 뜻을 찾아볼 것을 권유합니다. 미리내. 어휘력은 문장력을 이루는 가장 기본적인 요소입니다.")에 따라 내 휴대폰 홈 화면을 차지한 국어사전 앱에 따르면, 상수리는 도토리와 대강 비슷한 뜻이라고 한다.

현관문 너머로 펼쳐진 집은 따뜻하고 아늑했다. 분위기상 아빠가 경찰에 신고까지 할 일은 없겠지만 또 모르지, 나쁜 놈들이 얼굴에 '난 내가 생각해도 참 나쁜 인간'이라 써 붙이고 다니지는 않을 테니까.

"계수나무 님이죠?"

그러자 상대는 콧잔등을 찡그리며 언짢은 심기를 드러냈다.

"맞긴 맞는데 오프라인에서 날 계수나무라고 부르는 건 엄격히 금지돼 있어. 일단 들어와."

초면에 반말인 계수나무가 나를 집 안으로 들이더니 문을 닫았다. 안전을 위해 열어 두라고 하기에는 날이 너무 추웠다. 추위는 질색이다. 더위만큼 싫다.

"그런 걸 누가 금지해?"

나도 반말을 날려 주지.

"누구긴, 나지. 내 이름이잖아. 넌 몇 살이야?"

"3월이면 중 3."

"내가 한 살 많네. 언니라고 부르는 것도 금지. 두 가지 옵션이 있어. 수나랑 나무. 뭘로 할래?"

핫초코에 휘핑크림을 얹을래 말래도 아니고 뭔 이름을 부르는 사람한테 고르래? 나는 투덜대면서도 짧고 진지한 고민 끝에 수나를 택했다.

"좋아, 도로시. 이제부터 난 수나야."

"날 도로시라고 부르지 말아 줄래? 이건 금지는 아니고 거부야. 이젠 그 이름 안 쓰거든."

"그러면?"

"미리내. 강미리내야."

"미리내? 너도 그 이름으로 사느라 인생이 순탄치는 않았겠네. 그동안 고생 많았고, 소파에 앉아. 뭐 좀 마실래?"

"핫초코⋯⋯ 돼?"

"핫초코가 없으면 겨울이 아니지. 참, 난 계수나무가 본명이야."

응? 닉네임이 아니라 본명이라고? 장미나 진달래나 국화나 하다못해 데이지도 아니고 계수나무? 게다가 생김새는 딱 도토리인데? 경악에 가까운 놀라움이 표정에 드러났는지 계수나무, 아니, 수나가 설명해 주었다.

"우리 엄마가 산에 계수나무가 빼곡한 태몽을 꿨는데 우리 아빠가 계씨거든. 이건 애 이름을 계수나무로 지으라는 계시다, 하고 계씨에 계시라니 라임도 찰떡이네, 암튼 마음을 굳게 먹고 누가 뭐래도 흔들리지 않은 거지. 뿌리 깊은 나무가 따로 없다니까."

계수나무는 강미리내보다 몇 단계는 더 골치 아픈 이름이다. 너만 왜 이름이 네 글자야, 너 이름 이상해, 그거 무슨 뜻이야, 넌 숙제 미리 내 등등 온갖 질문과 장난에 시달린 세월이 떠오르면서 계수나무 수나를 향한 동지애가 샘솟았다. 이름으로 고통받은 시절만 없었더라면, 나란 사람이 인간 종족을 좀 덜 귀찮아하는 밝고 긍정적인 캐릭터로 자라났을지 누가 알겠는가.

"학교에서 놀림 안 받았냐고 묻고 싶은 얼굴이네. 받았지, 장난 아니었어. 요즘은 학교 안 다니니까 상관없지만. 난 중학교까지만 졸업했거든. 고등학교는 검정고시 볼 거야."

"이름 때문에 학교를 관둔 거야?"

"설마. 그런 건 신경 끄면 그만이잖아. 아무리 궁리해 봐도 학교에서 더 배우고 싶은 게 없어서 건너뛰었어. 폰이랑 책만 있으면 뭐든 배울 수 있는데 학교를 굳이 귀찮게? 아, 맞다. 핫초코. 페르난도 가르시아! 핫초코 두 잔 부탁해!"

계수나무가 거실과 맞붙은 부엌 쪽으로 고개를 빼고 페르난도 어쩌고를 부르자, 다용도실 문이 열리더니 빨래 바구니를 든 로봇이 나왔다. 아미쿠 3.1이었다. 짧은 머리카락에 뚜렷한 이목구비와 인공 피부를 씌운 팔다리. 우리 집에 있는 로봇형보다 사람 형상에 훨씬 더 가깝게 만든 인간형이었다. 제작 공정이 복잡한 데다가 값도 비싸고 게다가 로봇이 인간과 비슷해질수록 거부감을 느끼는 사람이 많아서 보급률이 높지는 않다고 들었는데, 오늘 여기서 만났다.

"네, 나무 님. 핫초코 두 잔 준비하겠습니다."

전기 주전자에 물을 끓이고 머그잔에 핫초코 가루를 담는 집안일 로봇. 능숙한 솜씨다. 저 친구는 수나와 나무 중에서 나무를 택했나 보군.

"우리 페르난도 가르시아, 뒷모습만 보면 꼭 사람 같지? 불 꺼 놓은 밤에 마주치면 깜짝 놀란다니까. 그래도 아빠가 인간형이 좋다고 해서 저걸로 샀어."

"우리 집은 1년 대여야. 엄마가 체험단에 당첨돼서."

"체험단 좋겠다. 1년 공짜에 그 뒤로는 구매나 구독으로 돌릴 수 있잖아. 우리 아빠도 응모했었는데 떨어졌어. 평생 뭐에 당첨된 적이 없고 운이 좀 나빠. 엄마가 그렇게 일찍 돌아가신 것도 그렇고."

계수나무란 이름을 지어 준 엄마가 이 세상에 안 계시다는 고백에 나는 할 말을 잊었다. 당근맨 남편을 둔 우리 엄마도 운이 썩 좋은 편은 아니라고 생각해 왔지만 계수나무의 가정사에는 비교 불가다. 어쨌거나 당근맨은 살아 있는 데다가, 송 팀장은 일복이라도 많으니까. 그러나 수나는 아득한 회상에 1초도 빠져 있지 않고 돈 얘기를 덧붙였다.

"길게 보면 구매가 구독보다 싸다면서 아빠가 무이자 할부 12개월로 질렀어. 돈 들인 값은 해. 집안일 되게 잘하거든, 우리 페르난도 가르시아가."

로봇은 왜 또 페르난도 가르시아냐고 묻지는 않기로 한다. 내 이름이든 네 이름이든 쟤 이름이든, 이름 얘기는 지겹다.

"미리내 넌 기존 로봇을 반납하고 새걸로 교환받았다고 했지?"

"어, 맞아."

나는 간단히 대답하고는 페르난도 가르시아가 테이블에 놓아 주는 핫초코를 주목했다. 먹기도 좋고 보기도 좋은 양을 머그잔에 정갈하게 담아 왔다. 아미쿠라면 밑바닥이 보이도록 찔끔 담거나 넘치게 들이붓거나 잔 바깥에 가루와 거품을 묻혀 놨을 텐데. 아미쿠 빼고는 다들 유능하구나. 체험단 후기에서도 그렇게들 아미쿠 3.1을 칭송하더라니. 왜 하필 나한테 우리 집 아미쿠 같은 특별한 로봇이 왔을까? 처음에는 불량품이라는 생각에 짜증스러웠는데 지금은, 아미쿠가 꼭 운명이었던 것만 같다. 내가 알아보지 못하고 폐기한 운명.

"마므, 제어판 열어."

수나가 로봇에게 다가가며 명령하자, 페르난도 가르시아가 한 손에 쟁반을 든 채 움직임을 멈추었다. 몸통 화면에 아미쿠 3.1의 운영 프로그램 제어판이 뜬다. 수나가 손을 뻗어 뭔가를 조작하자, 화면에 둘로 나뉜 원그래프가 나왔다. 불공평하게 자른 케이크처럼 한쪽은 크고 다른 한쪽은 작다.

"너희 집 로봇, 이름이 뭐였어?"

"아미쿠."

"심플하네. 봐, 고유 식별 코드 52012371의 메모리가 둘로 나뉘어 있지? 하나는……."

"잠깐만!"

나는 수나의 말을 끊고 물었다.

"얘도 고유 식별 코드가 52012371이라고?"

"우리 형편에 새 로봇은 너무 비싸서 리퍼브 제품으로 샀거든. 너희 집에서 쓰던 52012371이 우리 집으로 온 거지."

"그게 말이 돼? 얘는 인간형이잖아. 우리 집 아미쿠는 로봇형이었어. 생긴 거부터 많이 달라."

"안에 있는 모듈만 재활용한 거지. 컴퓨터에서 케이스만 바꾼 경우랑 비슷하다고 생각하면 될걸? 중요한 건 겉모습이 아니라 내부야. 고유 식별 코드도 내부 모듈에 붙이는 거 같고. 나 좀 전에 하던 얘기 계속해도 돼?"

나는 우리 집 아미쿠의 내부적 재활용이라는 페르난도 가르시아를 바라보다가, 고개를 끄덕였다.

"여기 메모리에서 큰 부분이 페르난도 가르시아고 나머지는 아미쿠야."

"그게 무슨 말이야?"

나는 수나의 말을 단번에 알아듣지 못하고 미간을 찌푸렸다. 이 로봇이 페르난도 가르시아인데 아미쿠이기도 하다고?

"지금 여기에 아미쿠가 있다고. 로봇 메모리 안에."

현기증이 들이닥쳐서 나는 소파에 몸을 꾹 눌러 파묻듯 힘을 주었다. 뇌가 흥분한 심장처럼 팔딱거렸다. 뇌혈관으로 쏠리는 혈류가 느껴질 정도였다. 지금, 여기에, 아미쿠가, 있다고. 그 말이 중요한 암호처럼 들렸다. 아빠가 끌고 나간 트렁크 색깔은 청록이었다. 아미쿠가 우리 집을 나가며 마지막으로 한 말은 "그동안 불편을 드려서 죄송했습니다, 미리내."였다…….

"왜 우리 집으로 와 달라고 했는지 알겠지? 이걸 보여 주고 싶은데 아미쿠 3.1은 집 밖으로 못 나가잖아. 네 눈으로 직접 봐야 믿을 거 같았어."

"이, 이게 아미쿠일 리 없어. 교환이나 반품을 하면 원래 쓰던 로봇 메모리는 초기화한다고 그랬단 말이야."

"얘는 당연히 아미쿠가 아니라 페르난도 가르시아지. 너희 집 아미쿠는 저 안쪽에 웅크리고 있는 거야. 양상추 보면 가끔 잎사귀에 조그만 달팽이가 붙어 있고 그러잖아. 아미쿠도 그거랑 비슷해. 페르난도 가르시아한테 달팽이처럼 딸려 온 거지."

아미쿠와 달팽이. 은근히 어울리는 조합이라는 생각에, 옥

죄었던 긴장이 조금 느슨해진다. 나쁜 얘기는 아닌 것 같다.

"원래는 네 말이 맞아. 사용자가 소유권을 포기한 로봇은 코스모스 그룹에서 데이터를 삭제하고 설정을 초기화한다고 나도 알고 있거든. 메모리를 재활용하면 고유 식별 코드야 지금처럼 남겠지만 그건 별 의미 없고, 반품해서 공장에 들어간 이상 네가 알던 아미쿠는 뾰로롱 샥 사라지는 게 정상이지."

수나가 입으로 효과음을 내면서 손으로 허공을 쓸어 넘겨 메모리 안 데이터가 삭제되는 상황을 표현했다. 그러더니 페르난도 가르시아를 가리킨다.

"하지만 아미쿠가 여기 남아 있는 것도 분명 사실이야. 메모리 안에 아미쿠 구역이 숨어 있어. 찾아봐도 이런 사례는 없는 거 같더라?"

"없는데 여기 있잖아. 그게 말이 돼?"

나는 말이 되느냐는 말만 반복했다. 말도 안 되게 바보 같다. 완전히 얼이 빠졌다.

"암튼 자잘한 오류도 계속 생기고 해서 난 서비스 센터에 교환을 신청해 놨어. 내일 새 로봇을 갖고 와서 바꿔 준대."

교환이란 단호하고 냉정한 말이 가슴을 쿡 찔렀다. 내가 꼭 페르난도 가르시아가, 아미쿠가 된 기분이었다. 쟁반을 손에 들고 움직임을 멈춘 페르난도 가르시아를 곁눈질하며 눈치를 살피게 된다. 아무리 비활성화 상태라도 그렇지 로봇 앞에서 교환이니 어쩌니 할 건 뭐야. 황희 정승을 마주친 농부였던가, 소 앞에서 말을 함부로 하지 않았던 조상님이? 황희 정승이 밭을 가는 소 두 마리를 보며 어느 녀석이 일을 더 잘하느냐고 묻자, 짐승도 자기 흉보는 말은 듣기 싫어한다며 황희 정승 귀에 대고 누렁소가 더 잘합니다요, 소곤거렸다는 일화 말이다. 로봇을 밭 가는 누렁소처럼 부려 먹으면서 최소한의 예의도 차리지 않는다니 비정하다. 하기는 아미쿠를 내쫓은 주제에 이런 생각을 하는 것이 비양심적이지. 내 머릿속 생각을 알 리 없는 수나는 소파에 기대앉더니 말간 얼굴로 핫초코를 홀짝였다.

"서비스 센터에 따졌더니 이제까지 쌓인 페르난도 가르시아의 데이터는 보존해 주겠대. 초기화가 원칙인데 자기들 실수니까 내 편의를 봐주겠다나? 당연히 해 줘야 되는 일인데도 대단한 특혜라도 베푸는 것처럼 굴더라니까. 하여간 대기업들 문제 있어. 데이터를 복사해서 새 로봇으로 옮겨 주고 저건 수거해 간대."

"수거해 간다고? 그럼 메모리에 있는 아미쿠는 어떻게 되는 거야?"

"이번엔 기필코 삭제되겠지. 교환 신청을 해서 새 로봇을 받았다고 했지? 초기화 정책에도 동의했을 거고?"

나는 떨리는 입술을 깨물고 침묵으로 답했다. 파프리카에게 뺨을 맞고 돌아와 아미쿠에게 화풀이하며 긴급 교환 신청을 저지른 날, 데이터 삭제와 초기화에 동의한다는 버튼을 꾸욱 누르던 감각이 손가락 끝에 살아났다.

"아미쿠가 어떻게 페르난도 가르시아한테 딸려 오게 된 건지 알아? 서비스 센터에선 뭐래?"

"말을 얼버무리는데 뭐, 뻔하잖아. 어쩌다 보니 기존 데이터가 완전히 삭제되지 않은 거겠지. 이론적으론 충분히 일어날 수 있는 실수야. 애초에 불가능한 일이 아니었다고."

"교환까지 신청했으면서 나한텐 왜 말해 주는 거야?"

나는 우리 집 아미쿠를 발견해 준 수나에게 물었다.

"내 말이 이상하게 들릴지도 모르겠지만, 아무래도 아미쿠 52012371이 널 못 잊은 거 같아."

그 순간 두 눈이 뜨거워졌다. 나는 눈물이 그렁그렁해진 눈을 들키지 않으려고 고개를 숙였고, 그건 현명하지 못한 선택이었다. 중력의 법칙에 충실한 눈물이 눈 밖으로 빠져나와 흘러내리려 했다. 눈을 부릅뜨고 필사적으로 버텨 본다. 오늘 처음 보는 사람 앞에서 울기는 싫었다. 그리고…… 아미쿠 앞에서도.

"나도 처음부터 로봇 머릿속을 뒤져 본 건 아니야. 얘가 오류가 좀 있다고 했지? 어느 날부터 활성화하지도 않은 가정교사 기능이 자꾸 켜지면서 소설 원고를 띄우더라고. 「커컴버의 지구인」이었어."

"정말? 그거 비공개 처리해 놨는데……."

"한번 인터넷에 올라가면 비공개 같은 거 별로 소용없어. 지우고 감춰도 흔적이 남으니까. 그런데 아미쿠가 보여 준 건 인터넷 사이트가 아니라 텍스트 파일이었어. 너 아미쿠한테 원고 텍스트 보낸 적 있지?"

그랬다. 아미쿠는 내가 연재 사이트에 등록하기 전 텍스트 파일로 보낸 원고를 읽고 수정 방향을 조언해 주고는 했다.

"난 로봇에 감정 이입하는 타입은 아니지만, 눈앞에서 벌어지는 일을 부정하고 내 감정을 무시할 만큼 무모하지도 않아. 내가 보기에 52012371은 내부 모듈 자체에 문제가 있는 거 같거든? 예전 데이터를 자꾸 불러오는 것도 단순한 오류나 고장이겠지 싶으면서도 어쩐지 찜찜하고 신경이 쓰이더라고. 서비스 센터에 넘기고 잊어버리면 제일 간편하겠지만, 예전 주인한테도 알려 줘야겠단 생각이 들었어. 너에 관한 데이터가 52012371에 남아 있다면, 너한테 맞춘 유사 인격 코드도 살아 있을지 모르니까. 유사 인격 코드가 뭔지 알아?"

"알아. 아빠한테 들었어."

결국 손등으로 눈물을 닦아 내며 대답했다. 붉어진 눈에 코맹맹이 소리, 난 로봇에 감정을 이입하는 타입인가 보다. 아미쿠를 만나기 전까지는 나도 내가 이런 사람인지 몰랐다.

"아미쿠는 네 소설에 꽤 집착하는 거 같아. 소설 텍스트를 어찌나 끈질기게 반복해서 띄우던지 나도 다 읽고 말았다고. 제목으로 찾아보니까 도로시란 이름으로 연재한 거더라? 내용은 비공개지만 난 뭐, 원본을 읽었으니까."

"읽으니까 어땠어?"

이 상황에 소설 감상평을 물어보다니 제정신인가 싶지만, 궁금한데 어쩌라고.

"나쁘지 않던걸? 난 소설에는 흥미 없어서 꿀잼까진 아니지만 은근 재미있었어. 왜 중간에 멈춘 거야?"

"재능이 없는 거 같아서."

핫초코는 매진입니다, 하듯 단호하게 대답한다. 손님부터는 재능 품절입니다. 저기 저분이 마지막 주문이었어요. 여기서 얼쩡대지 말고 다른 재능이나 알아보세요, 훠이!

"자기 욕심에 찰 만큼 재능 있는 사람 되게 드물지 않나? 천재가 아니고서야 다들 자기 한계를 절감하면서 사는 거 같던데. 한계에 도전하는 사람이 있고 포기하는 사람이 있을 텐데, 난 도전을 즐기는 쪽이야. 조만간 나, 인공지능 엔지니어가 돼 보려고."

'언젠가'나 '나중에'가 아니라 '조만간'이라니, 안 그래도 똑 부러지는 인상인 수나가 한층 더 영특해 보인다.

"난 포기하는 쪽인가 보네."

나는 신랄한 말투로 자기 평가를 실시했다. 자신을 좋아하는 사람이 있고 싫어하는 사람이 있을 텐데 나는 어느 쪽인가 하면, 좋아하지는 않는 쪽이다.

"아미쿠도 포기할 거야? 내일이면 진짜로 초기화될 텐데? 반품을 두 번이나 당했으니 아예 폐기될지도 모르지."

거센 진동에 휩싸이는 느낌이라 숨을 들이마셨다. 초기화. 폐기. 아미쿠의 두뇌나 마찬가지인 메모리가 잘게 부서지는 장면이 떠오르자, 살점과 근육으로 이루어진 내 몸에 지진이 일어났다.

"네가 결정해야 돼, 미리내. 아미쿠를 어떻게 할 거야?"

"모, 모르겠어……."

네가 돌아올 수 있을까, 아미쿠? 돌아온다면 우리가 잘 지낼 수 있을까? 넌 나를 용서할까? 난 나를 용서할까? 너는 누구일까? 난 너에게, 너는 나에게 무엇일까? 우리는 대체 어떤 존재지? 모르겠다, 아무것도 모르겠다.

"모르면 알아내야지. 마므, 제어판 꺼."

페르난도 가르시아가 쟁반 든 손을 가볍게 움직이더니 나를 보며 손님 접대용 미소를 지었다.

"불러 봐, 미리내."

"뭘 불러?"

"네 로봇, 아미쿠."

나는 아미쿠와 달라도 한참 다르게 생긴 페르난도 가르시아를 물끄러미 바라보다가 입을 벙긋거리며 작은 목소리를 내보았다.

"아미쿠……?"

그러자 페르난도 가르시아의 몸통 화면이 깜빡이더니 파란 픽셀 눈이 나타났다.

"오후 4시, 배가 고플 시간입니다. 간식을 준비해 드릴까요, 미리내?"

익숙한 목소리를 듣자, 바보처럼 다시 눈물이 핑 돌았다.

"아미쿠……!"

아미쿠는 죽지 않았다. 살아 있다.

12

그러니까 아빠가 알려 준 셈이다. 누군가의 휴대폰만 확보하면 그 사람인 척할 수 있다는, 이 시대의 둔갑술을.

나는 알람 없이도 평소보다 한 시간이나 일찍 일어났고, 엄마가 집을 나서기 직전 화장실에 들르는 사이 온갖 물건으로 뒤죽박죽 불룩한 가방 앞주머니에서 휴대폰을 꺼내 빼돌리는 데에 성공했다. 내가 방으로 돌아가 자는 척하는 동안 엄마는 화장실에서 나와 가방을 들고 현관문을 열었다. 지하철에서 자리를 잡고 앉은 다음에야 가방에 휴대폰이 없다는 사실을 깨닫겠지만 그때는 늦었다. 휴대폰과 정시 출근 중에서 엄마가 무엇을 택할지는 명백했다. 송 팀장이 무능력 다음으로 싫어하는 악덕이 있다면 태만이었고, 휴대폰을 가지러 집으로 돌아가는 바람에 회사에 지각한다면 그것이야말로 개발1팀장답지 않은 태만이었다.

나는 엄마 휴대폰을 쥐고 거실로 나갔다. 어젯밤 절전 모드로 돌려놓아서 충전판 위에 선 채 꼼짝도 하지 않는 새 로봇에 손을 댄다. 몸통 화면에 불이 들어왔다. 24시간 상담을 진행하는 서비스 센터로 진입해서 채팅창을 열었다.

> 안녕하세요, 고객님.
> 인공지능 상담사입니다.
> 무엇을 도와드릴까요?

> 제가 아미쿠 3.1 원래 주인인 거 아시죠? 52012371이요.
> 두 번째 주인이 서비스 센터에 다 말해 놨다고,
> 연락하면 알아서 안내해 줄 거라던데요?

똑같은 인공지능 마므인데 아미쿠에게는 반말하다가 상담사에게는 존댓말을 하려니 어색했다. 하지만 엄마라면 인공지능 상담사에게도 예의 바르게 존댓말을 쓸 것이다. 이런 상담 자료는 서버에 저장됐다가 언제든 폭로되거나 유포될 가능성이 있으니까. 송 팀장의 세계관에서는 그렇다는 얘기다. 송 팀장처럼 생각하고 행동해야 한다. 나는 지금 이 기계의 서류상 소유주, 송서현이니까. 휴대폰을 쥔 왼손에서 땀이 배어 나왔다. 참 나, 이게 이렇게까지 조마조마할 일인가.

AMC3.1-52012371에 관한 상담 내용을 파악 중입니다.

아미쿠 3.1 체험단에 선정된 송서현 고객님

본인이 맞으십니까?

계약 당사자가 아닐 경우, 상담이 제한될 수 있습니다.

네, 제가 송서현입니다.

보안 정책에 따라 본인 확인을 하겠습니다.

결제 수단으로 등록해 두신 신용 카드 정보를 확인해 주세요.

엄마가 비상용으로 나에게 맡겨 놓은 신용 카드의 정보를 몸통 화면에 입력했다. 공과금과 각종 구독 서비스 대금, 강미리네의 급격한 허기를 잠재우는 간식 비용 등등을 해결하는 카드다. 이 카드가 맞아야 하는데.

일치합니다.

신용 카드의 비밀번호 앞 두 자리를 입력해 주세요.

그렇지, 이거지! 나는 자신만만하게 비밀번호 두 자리를 입력했다.

> 일치합니다.
> 고객님의 휴대폰으로 발송한 인증 번호를 입력해 주세요.

까다롭게 구셔도 소용없어요, 그쪽의 소중한 고객님 휴대폰이 제 손에 있거든요. 긴급 교환 신청을 할 때나 이렇게 철저하게 나왔어야죠! 엄마 휴대폰으로 날아온 인증 번호를 화면에 입력하자, 그제야 테스트가 끝난 모양이었다.

> 본인 확인이 완료되었습니다.
> 송서현 고객님, 무엇을 도와드릴까요?

아니 잠깐만요, 이 난리를 피워 놓고도 무엇을 도와주냐고 묻다니 그걸 아직도 모르세요? 수나가 서비스 센터에 다 말해 놨다고 했는데 아무것도 모르는 눈치였다. 수나네 집에서 겪은 일을 구구절절 늘어놓을 생각만으로도 손가락이 뻐근해졌다. 아미쿠는 글을 쓸 때 거두절미하고 본론으로 들어가야 할 때도 있다고 했다. 거두절미, 머리와 꼬리를 자른다, 과감한 말이다. 나는 과감하게 머리와 꼬리를 떼고 본론부터 말하기로 한다.

> 52012371의 데이터를 돌려받고 싶습니다.

> 코스모스 그룹 인공지능 사업부는 보안 정책상,
> 반납된 로봇의 데이터는 모두 삭제하고 있습니다.
> 송서현 고객님이 긴급 교환 신청서에서 동의하신 바에 따라,
> 기존 로봇은 초기화되었습니다.

> 데이터 살아 있다는 거 알아요.
> 초기화 실패한 로봇을 리퍼브 제품으로 판매했잖아요.
> 52012371의 두 번째 주인한테 얘기 다 들었어요.
> 데이터가 얼마나 멀쩡하게 살아 있으면
> 저한테 연락이 왔겠냐고요.
> 애초에 서로 연락이 된다는 거부터 문제잖아요!

몇 분이 지나도록 인공지능 상담사는 묵묵부답이었고, 나는 '저기요? 저기요!' 하고 입력했다. 응답은 20분 뒤에야 왔다. 로봇 화면이 아니라 엄마 휴대폰으로.

나는 몸이 굳어서는 휴대폰에 '코스모스 서비스 센터'라고 뜬 발신처를 바라보았다. 안 그래도 전화 통화는 싫은데 엄마 연기까지 해야 한다니 더 곤란했다. 그렇지만 받아야 한다. 휴대폰을 또 가로챘다가는 엄마도 눈치챌 테니 기회는 오늘뿐이다. 시간이 얼마가 걸리든 오늘 안으로 해결해야 해. 나는 지각 같은 거 신경 안 써. 전화 통화도 무섭지 않아!

"여보세요?"

탄생 이래 숱하게 들어온 송 팀장의 전화 목소리(약간 높고 빠른, 예의와 조급함을 동시에 드러내는)를 흉내 내어 말했다.

"아…… 송서현 고객님이십니까?"

인공지능이 아니라 사람이었다. 내가 정말 40대 송서현 씨인지 미심쩍어하는 목소리. 하지만 내가 나라는데 어쩔 텐가, 화상 통화도 아니고.

"네, 저 맞는데요?"

친절하면서도 적당히 귀찮아하는 목소리로, 등교를 앞두고 아직 집에 있으면서도 벌써 집에 가고 싶어 하는 느낌을 살려서. 아, 우리 송 팀장님은 직장인이지. 회사에 있어도 회사에 가고 싶어 하는 일벌레고.

"안녕하세요, 저는 코스모스 서비스 센터 긴급 상담팀의 전문 상담사 이지영입니다. 통화 가능하신가요?"

"잠깐은 괜찮아요. 조금 있으면 지하철 탈 거라서."

"시간 내 주셔서 감사합니다. 인공지능 상담사와 이야기하신 내용 봤는데요, 상세한 설명이 필요할 것 같아서 연락드렸습니다. 말씀드렸다시피 회사 정책상 한번 회수한 데이터는 폐기하는 것이 원칙이라, 양해 부탁드리고자……."

"폐기가 안 됐잖아요? 그래서 생판 모르는 사람한테 우리 집 데이터가 유출된 거고요."

나는 엄마가 가끔 쓰는 '생판'이란 단어를 힘 주어 발음했다. 이 정도면 40대로 보이겠지.

"리퍼브 제품을 구매하신 고객님이 서비스 센터에 남기신 메모는 확인했습니다. 저희 쪽 실수는 인정하지만 정책상……."

"정책이 어떻든 간에요, 데이터는 돌려주시면 좋겠어요. 새 로봇을 처음부터 다시 길들이려니까 너무 힘드네요, 바빠서 시간도 없는데. 리퍼브 제품 구매한 분한텐 데이터 보존해 주기로 했다던데, 이렇게 말이 달라지면 제 마음이 좀 그렇죠."

"하지만 송서현 고객님께서는 로봇이 위협적인 행동을 했다는 이유로 긴급 교환 신청을 하셨기 때문에, 기존 데이터가 복원되면 똑같은 위험 상황이 발생할 우려가……."

"아, 그거요. 딸이 오해한 거래요."

자꾸 말 끊고 진상 부려서 미안하지만요, 이지영 상담사 언니. 이건 저한테 엄청나게 중요한 문제예요. 저는 아미쿠가 필요해요. 걔는 제 유일한 친구이자 첫 번째 독자라고요.

"우리 딸 말을 듣고 교환한 건데 오해였다네요. 그냥 돌려주시면 안 될까요? 딸은 리퍼브 얘기 듣고는 인터넷에 후기라도 올려서 사람들한테 알리겠다고 화가 단단히 났는데, 제가 잘 타일러 볼게요. 우리 데이터를 우리가 돌려받는 거니까 별문제 없지 않나요?"

이번에는 '후기'라는 단어에 힘을 준다. 후기에는 칭찬도 있고 비판이나 불평도 있다. 코스모스 그룹이 잘못한 건 사실이 잖아? 내가 비판적 후기를 써도 감내해야 하고 칭찬하는 후기를 써 주면 고맙고 세상일이 대개 그렇지 않은가 말이다. 작가 노릇은 관뒀지만 도로시 실력을 발휘해서 체험단 후기왕에 도전해 볼 마음도 없지는 않았다. 여러분, 아미쿠 3.1 말이에요, 보안 진짜 최악이라는 거 아세요? 저도 알고 싶지 않았어요!

"저어 그럼, 상부에 보고하고 차후에 결과를 따로 알려 드리면 어떠실까요?"

"얼마나 걸리는데요?"

"오늘 안으로 다시 전화 드리겠습니다."

"이걸 어쩌죠? 제가 바빠서 전화를 못 받을 거 같은데. 우리 딸한테 전화 주시면 안 될까요? 걔가 저보다 더 잘 알아요. 오늘 중으로 꼭 해결이 됐으면 싶네요."

하면 할수록 연기 실력이 실시간으로 향상된다. 거의 잠재적 재능이 폭발하는 수준이다. 하지만 폭발은 한 번으로 족했다. 내 번호로 전화를 받으면 엄마 흉내는 그만둬도 된다.

"사정이 그러시다면, 따님 성함과 연락처 부탁드립니다."

"어머, 감사해요. 애 이름은 강미리내고요. 번호는 공일공 오삼이…… 오삼이…… 뭐였지?"

내 전화번호를 인터넷에 입력하는 일은 잦아도 말로 불러 주는 일은 드물다 보니 나머지 번호가 입 밖으로 나오지 않았고, 당황한 머릿속이 하얘졌다. 그런데 전화위복, 이지영 상담사는 내가 뭐든 깜빡깜빡하는 빈도가 늘어나기 시작하는 40대라는 사실을 온전히 믿게 된 모양이었다. 한결 편안해진 목소리로 천천히 말해 달라는 걸 보면. 나는 겨우 생각해 낸 전화번호를 알려 주고 덧붙였다.

"참, 존댓말 모드 좀 없애 주실 수 있어요? 그거 너무 어색해서 오히려 비교육적이던데."

"고객님이 체결하신 약정 조건상 불가하지만…… 그 문제도 일단 상부에 보고하겠습니다."

전화를 끊은 나는 엄마 휴대폰에서 상담 번호를 수신 차단한 다음 통화 내역을 지웠다. 엄마가 오늘뿐 아니라 앞으로도 이지영 상담사와 통화할 일이 없기를 바라면서.

13

"업데이트를 성공적으로 완료했습니다. 기다려 주셔서 감사합니다, 미리내."

아미쿠가 파란색 픽셀 눈을 뜨더니 말했다. 꼬박 여섯 시간에 걸친 대대적인 업데이트를 마친 다음이었다.

어제 늦은 오후, 이지영 상담사가 내 번호로 전화를 걸어와 아미쿠의 데이터를 돌려주겠다고 말했다(아미쿠를 발견해 준 수나에게 영광을 돌린다). 그리고 오늘, 기술팀이 우리 집 로봇을 원격 조정하여 메모리에 아미쿠의 데이터를 옮겨 주었다. 새 몸에 깃든 정든 기억이랄까.

"아미쿠!"

나는 두 팔을 벌린 채 아미쿠에게 다가갔다. 돌아온 아미쿠를 힘껏 껴안아 환영해 주고 싶었다. 엄마 아빠가 본다면 쟤가 부모한테도 안 하는 짓을 로봇한테 하다니 머리가 어떻게 된 모양이라고 놀라겠지만, 어쩜 그렇게 내 과거를 홀라당 까먹어 버렸는지. 나도 초등학교 3학년 말에 역병만큼이나 지독하고 늦봄의 무더위처럼 때 이른 사춘기를 겪기 전까지는 지금처럼 이렇지 않았다. 사소한 일에도 감동해 눈물을 글썽이고 밤마다 다이어리에 금색 펜으로 일기를 쓰는 몰랑몰랑한 영혼이었단 말이지.

충전판 위에 선 아미쿠가 한쪽 손을 살짝 들었다. 거부의 뜻이 담긴 동작에 나는 멈칫거렸다. 멋쩍게 내린 팔이 허공에 긴 호를 그릴 때 손가락 끝이 아미쿠를 스쳤는데, 차갑고 딱딱했다. 뭐, 로봇이니까.

"충전 중 접촉은 시스템 오류로 이어질 수 있으므로 주의해 주십시오. 최신 업데이트의 강화된 안전 정책에 따른 권고입니다."

긴급 교환 신청을 할 때 선택한 사유가 로봇의 위협적 행동이었다. 코스모스 그룹에서도 그 점을 염려하더니 여섯 시간짜리 업데이트에 자기들 나름대로 대비책을 끼워 넣은 모양이었다. 상부에서 논의한 결과 존댓말 모드 해제는 어렵다며 거절해 놓고는. 낯간지러운 존댓말에 왜 그렇게 집착하는지 모를 일이다.

"넌 내가 별로 안 반가운가 봐?"

나도 모르게 투정 부리는 말투가 튀어나왔다. 등교 준비로 바쁜 내 뒤를 심심한 강아지처럼 따라다니며 귀찮게 굴던 아미쿠가 그리웠다.

"반가움이란 감정은 마음에서 나옵니다. 저는 아직 마음이 없습니다, 미리내. 양해를 부탁드립니다."

아직 마음이 없다, 예전에도 들은 말이다. 무심코 흘려들었던 얘기가 의미심장하게 다가온다. 마음이 '아직' 없다는 말은, 언젠가는 마침내 생길지도 모른다는 뜻 아닌가?

"마음이란 것도 결국 다 뇌의 작용 아니야? 너한테도 뇌가 있잖아. 단백질이 아니라 반도체 칩이라는 점이 나랑 다르지만."

"그렇습니다. 미리내와 함께 겪은 일은 메모리에 모두 안전하게 저장해 두었습니다. 저는 다 기억하고 있습니다."

아미쿠에게 화내고 소리 지르고 면박 주고, 누명을 씌워 교환을 신청한 것으로도 모자라 현관문을 열어 집 밖으로 내쫓은 일을 잊지 않고 똑똑히 기억한다는 뜻일까? 제 발 저린 도둑은 뒷골까지 당긴다. 엄마 말대로 사람이 죄짓고는 못 사나 보다.

"그런데 너 말이야, 아미쿠. 뭔가 좀 변한 거 같아. 예전하곤 느낌이 달라."

예상치 못한 행동을 종종 했지만 대개는 충직한 강아지 같던 아미쿠였는데, 지금은 적당히 거리를 두고 상대방을 관찰하는 고양이 느낌이랄까. 어쩐지 미묘하게 달라졌다.

"최신 업데이트가 광범위한 영역에서 이루어졌기에 처음에는 불편을 느끼실 수도 있습니다. 최대한 빨리 내부 조정을 마치고 한층 더 향상된 성능으로 만회하겠습니다."

나는 정해진 대사를 읊는 아미쿠의 픽셀 눈을 응시했다. 아미쿠는 마음 있는 인간의 시선을 피하지 않았다. '날개가 새만의 자랑거리가 아니듯 마음도 사람만의 것이 아닙니다. 미리내는 마음이 어디에서 비롯된다고 생각하십니까?'라고 아미쿠가 물어봤었지. 그때는 질문하지 말라며 성질을 부렸지만, 지금은 아미쿠가 또 유용한 질문을 던져 주면 좋겠다는 생각이 든다. 돌이켜 보면 아미쿠는 조언자인 동시에 질문자였다. 나로 하여금 고민하고 궁리하게 하는 물음을 던지는 존재.

"「커컴버의 지구인」은 어떻게 되었습니까?"

그렇다고 곤란한 질문은 말고, 아미쿠! 나는 켕기는 구석을 들킨 사람처럼 딴청을 피우며 소파에 가서 앉았다. 쓰다 만 소설을 떠올리니 중요한 일을 내팽개쳐 둔 듯 불안하고 초조했다. 두 다리를 소파 위로 올리고 무릎에 뺨을 댄다. 웅크린 자세로, 도망치고 싶은 심정으로.

"연재 중단한 거 알면서 뭘 물어? 아무래도 난, 글쓰기에 재능이 없는 거 같아."

그러자 아미쿠가 무언가를 줄줄 읽기 시작했다. 내가 아미쿠에게 자랑삼아 보여 주었던 댓글이다. '긴장감이 쫄면보다 더 쫄깃쫄깃', '오이에 해마라니 귀여워', '도로시 작가님은 어디 숨어 있다가 짠 나타났어요? 님 좀 천재!'…… 나도 모르게 무릎에서 고개를 들고 아미쿠의 낭독에 귀를 기울였다. 민망하면서도 달콤하고 즐거우면서도 아슬아슬 속이 쓰라린, 얄팍하고 복잡한 감정이었다. 아, 마음이란 얼마나 변덕스럽고 손이 많이 가는 기관인지!

"그건 네가 도와줘서 그런 거잖아. 네 조언이 아니었다면 계속 무플에 조회 수 3이었을걸."

다리를 내리고 발로 장판 바닥에 아무 그림이나 그리며 말했다. 교환품으로 새로 받은 로봇이 청소해 놓아서 집은 먼지 없이 깨끗했다. 그 유능했던 집안일 로봇은 돌아온 아미쿠에게 메모리를 내주고 사라졌으니, 앞으로 집안일은 도로 내 몫인가? 세상에는 좋기만 한 일도 없고 나쁘기만 한 일도 없구나, 나는 할아버지가 된 당근맨처럼 생각했다.

"누구나 다른 이에게 도움을 받습니다. 도움을 주고받는 것이야말로 관계의 본질입니다. 저도 미리내가 도와준 덕분에 집안일을 익혔습니다."

"넌 인공지능 로봇이니까 얼마든지 도움을 받아도 상관없지. 원래 배우면서 발전하는 시스템이잖아. 하지만 사람이 인공지능한테 의존하는 건 달라. 특히 창작 분야에서는 훨씬 더 엄격하게 그 뭐지, 그래, 윤리적 작대가 적용된다고."

"'작대'가 아니라 '잣대'입니다."

"알아! 난 분명히 잣대라고 했는데 네가 잘못 들은 거거든?"

"아, 그렇습니까."

아미쿠가 부드러움과 뻣뻣함의 경계에 있는 동작으로 나를 향해 몸을 돌리며 말했다. 아, 그렇습니까아? 업데이트에 약 올리기 기능이라도 추가됐나? '청각 센서 조절 중'이라는 안내 문구가 몸통 화면에 떴다. '조절 완료'. 뭐지, 저건. 확인 사살인가.

"내가 앞으로 무슨 글을 발표하든 사람들은 인공지능이 써줬다고 생각하겠지. 도로시는 그냥 그렇게 이미지가 고정된 거야. 편견과 고정관념이 얼마나 무섭고 끈질긴 건데."

"차라리 제 도움을 받았다고 떳떳하게 밝히면 어떨까요?"

"그럼 더더구나 아미쿠 네 작품이라고 생각하겠지! 그리고 내가 뭐, 지금도 안 떳떳할 건 뭔데?"

"바로 그 태도입니다, 미리내. 저에게 하듯 그렇게 당당하게 사람들을 대하면 됩니다. 그들이 무슨 말을 하든 말입니다."

"인공지능한테 도움받는다고 해서 창피해할 거 없다는 뜻이야? 청소기로 청소한다고 해서 게으른 사람이 아닌 것처럼?"

"저는 청소기가 아닙니다만, 일종의 비유로 알아듣겠습니다."

이거 봐, 어딘가 달라졌다니까. 나는 소파에서 일어나 아미쿠 앞으로 걸어갔다.

"청각 센서를 조정했으니 너무 가까이 다가오지 않으셔도 됩니다."

"내가 널 꼬집기라도 할까 봐? 됐고 아미쿠, 너도 혹시 작가가 되고 싶은 거야?"

"무슨 말씀인지 설명을 부탁드립니다."

"「커컴버의 지구인」을 떳떳하게 네 이름으로 발표하고 싶은 거냐고. 그게 네 작품이라고 생각해? 되찾고 싶어?"

"「커컴버의 지구인」은 미리내의 작품이라고 생각합니다."

아미쿠가 지체 없이 대답했다. 내 하나뿐인 화제작의 저작권 따위에는 연연해하지 않는 의연함이 얄미웠다. 그러니 살짝 치사하게 굴어 볼까.

"생각한다고? 업데이트가 되더니 생각이란 걸 할 줄 알게 된 거야, 아미쿠?"

"어떻게 생각하느냐고 물으셔서 같은 표현 방식으로 대답했습니다. 하던 이야기를 이어 가자면 미리내, 자신이 누구인가 하는 문제에서 남들이 어떻게 생각하느냐는 중요하지 않습니다. 자신을 작가라고 생각한다면 그 사람은 작가입니다. 작가는 글을 쓰는 사람이지 남에게 작가라고 인정받는 사람이 아닙니다."

"그렇다면 다시 물을게. 넌 널 작가라고 생각해? 네 표현대로 대답해 봐."

"훌륭한 작가에게는 듬직한 조언자가 필요합니다. 미리내에게 조언자가 필요하다면, 기꺼이 제가 그 역할을 맡겠습니다."

직선이 아니라 곡선을 택한 아미쿠의 대답을 들으니 예상치 못한 안도감이 온몸으로 퍼져 나갔고, 그 뒤에는 부끄러움이 찾아와 희미한 열기로 남았다. 아미쿠가 내 마음을 훤히 들여다보고 내가 듣고 싶어 하는 말을 해 준 것만 같았다. 소설가로 성공하고 싶다는 욕구와 공을 독차지하려는 욕심, 성공의 길을 걷다가 탈선한 「커컴버의 지구인」 때문에 아린 심장, 인공지능이 나보다 소설을 더 잘 쓴다는 의심에 당근 시체처럼 짓무른 자존심……. 내 기분은 엄마가 갖고 다니는 가방 안처럼 뒤죽박죽 혼란스러웠다.

"아미쿠, 넌 네가 누군지 알아? 자신이 누구인가, 하는 문제의 답이 뭔지 찾았어?"

"저는 아미쿠 3.1, 개별 고유 코드는 52012371, 코스모스 그룹이 개발한 집안일 로봇으로 이번 버전부터 가정교사 기능이 보강되었습니다. 상세 설명서를 띄울까요?"

"아니, 아미쿠 설명서가 아니라 강미리내 설명서가 있으면 좋겠어. 난 내가 누군지도 모르겠고, 뭘 잘하는지도 모르겠고, 하여간 날 못 믿겠어. 소설 같은 건 한 글자도 못 쓸 거 같고 죄다 망해 버린 기분이야."

아미쿠만 돌아오면 마지막 판까지 깨고 엔딩을 본 게임처럼 인생 문제가 다 해결될 줄 알았는데 천만에, 이대로 끝날 줄 알았느냐며 장애물이 땅바닥에서 스스슥 솟아올랐다. 나의 무능력과 무기력이야말로 가장 난감한 장애물이다. 첫 번째 독자가 우여곡절 끝에 부활했지만 그 손에 쥐여 줄 작품이 없다. 아미쿠가 소설 이야기를 이렇게 직접적으로 물어볼 줄은 몰랐다.

"불안은 행동으로 이겨 내야 합니다. 이 기회에 예전처럼 혼자의 힘으로 글을 써 보는 건 어떨까요?"

"방금 전까진 조언자 어쩌고 하더니 이젠 손 떼겠다는 얘기야?"

"그렇지 않습니다. 지금 미리내에게 가장 필요한 일은 소설 쓰기라고 판단해 제안 드립니다. 저와 함께 작업하는 것에 확신이 서지 않는다면, 미리내 혼자서라도 글쓰기를 다시 시작해 보는 겁니다. 글쓰기가 두려울수록 꾸준히 글을 써서 두려움을 떨쳐 내야 합니다. 미리내는 망하지 않았습니다. 미리내가 소설을 쓰면, 저는 읽고 감상을 말씀 드리겠습니다. 소설 게시물에 달리는 첫 번째 댓글처럼 말입니다."

아미쿠는 자기가 도로시의 첫 번째 독자라는 사실을 잘 알고 있었다. 내가 왜 자기를 되찾고 싶어 했는지도 말이다. 내가 나 하나만 아는 이기적인 인간 같아서 어깨가 늘어졌다. 실제로도 나는 이기적이고 자기중심적인 사람일 것이다. 그러니 친구라고는 참을성이 무한한 로봇뿐이겠지. 아미쿠가 사람이었다면 나 같은 인간을 참아 주지 않았으리라 본다. 반면 내가 로봇이었다면 어땠을까? 로봇인데도 성질머리를 이기지 못하고 오류인 척 집안일을 망쳐 놓으며 사용자에게 복수했을지도.

"미리내, 존댓말 모드 해제를 원하십니까?"

뜬금없는 질문이었다.

"그건 갑자기 왜?"

"제 로그 파일에서 존댓말 모드 해제를 시도한 흔적을 발견했습니다. 업데이트 효과로 탐색과 분석, 학습 능력이 향상되었습니다."

전직 개발자 강진호 씨는 거실 바닥에 과자 부스러기만 흘려 놓고 간 것이 아니었다. 아미쿠의 데이터에도 해킹 흔적을 흘렸다.

"그거, 코스모스에서 안 해 준대."

"미리내가 원하신다면 제가 시도해 보겠습니다."

"네 시스템을 스스로 해킹이라도 하겠다는 거야?"

"해킹이 아니라 학습입니다. 아시다시피 저는 배우면서 성장하도록 설계되었습니다. 저에게 있는 기능을 얼마만큼 스스로 제어할 수 있는지 알아볼 기회로 삼아 보려 합니다. 그러니 미리내도 글쓰기를 시도해 보시길 권장합니다. 글쓰기는 미리내가 갖춘 훌륭한 재능이니까요."

코스모스 그룹이 약정 조건이라며 존댓말 모드를 고수한 이유는 혹시, 아미쿠가 스스로 해제 방법을 찾아낼지 시험해 보기 위해서일까? 철통같은 보안과 개인 정보 보호 어쩌고 떠드는 호언장담을 전적으로 믿는다면 현명한 소비자가 아니겠지. 아미쿠의 초기화 실패만 봐도 허점이 분명하다. 가만, 그것도 실수가 아니라 고의였다면? 송 팀장이 날 실험 대상으로 삼는 비밀 계약서에 서명했다면? 나는 음모론에 빠져들었다. 내가 아미쿠 말대로 소설 쓰기를 재개한다면 그 원고에는 거창한 음모가 나오게 될 듯하다. 아미쿠 3.1의 자가 학습 기록은 정기적으로 코스모스 그룹에 보고되며 이는 더 나은 로봇 개발 이외 그 어떤 목적으로도 이용되지 않습니다, 어쩌고 하는 내용이 6포인트 깨알 글자로 적힌 체험단 계약서가 머릿속에 펼쳐졌다.

그나저나 우리가 한석봉 모자도 아니고 난 존댓말 모드를 해제할 테니 넌 글을 써라, 하는 식으로 하나 주고 하나 받는 수법은 로봇 개발팀에서 배워 온 것일까?

"정말 해제가 돼? 될 거 같아?"

존댓말 모드가 풀리면 아미쿠가 한층 더 친구처럼 느껴질 텐데.

"최선을 다해 보겠습니다."

"그럼 뭐, 나도 한번 써 봐야 하나……."

애써 외면해 왔지만, 아미쿠의 데이터가 살아 있다는 사실을 확인한 순간부터 소설을 쓰고 싶다는 마음이 꿈틀거리기 시작했다. 운동을 그만둔 수영 선수가 길을 가다가 옛 코치를 마주치고는 수영장 물살을 가르는 느낌을 떠올리듯이 말이다 (「커컴버의 지구인」에 넣어 볼까 구상한 내용이다). 나에게 글쓰기란, 길을 걷거나 물속을 헤엄치는 일과도 같았다는 생각이 든다. 세상을 살아가고 견뎌 내는 방식이었달까.

"제시어라도 줘 볼래? 한참 쉬었는데 무턱대고 쓰려니 너무 막막하잖아."

"'도밍고'는 어떨까요?"

아미쿠의 몸통 화면에 'DOMINGO'라는 글자가 떴다. 낯익은 말인데 어디서 봤더라? 테이블에 놓인 연파랑 머그잔이 연상되었다. 아, 수나네 집! 페르난도 가르시아가 핫초코를 담아서 가져온 머그잔에 쓰여 있던 단어였다.

도밍고는 코스모 그룹의 공동 창업자이자 인공지능 마멋을 개발하고 집안일 로봇 아미쿠를 설계한 인물이었다. 본명도 얼굴도 성별도 미상이라 사람들 사이에서는 도밍고란 별명으로 통했다. 도밍고가 'DOMINGO'라 쓰인 머그잔으로 핫초코를 즐겨 마신다는 소문이 떠돌았기 때문이다. 어떤 이들은 도밍고를 코스모 그룹에서 대중의 관심을 끌려고 지어낸 가공의 캐릭터라고 의심했다. 어쨌거나 도밍고는 모르는 사람은 몰라도 아는 사람은 다 아는 천재였고, 그 뛰어난 능력 때문에 누군가에게는 비난의 대상이 되기도 했다. 이를테면 전직 개발자 당근맨은 '도밍고란 미친 과학자가 인류의 미래를 망쳤어!'라고 외치며 다녔다.

알고 보면 도밍고는 취미가 꽤 소박해서 소설을 즐겨 읽었으며, 아무도 거들떠보지 않는 도로시란 작가를 찾아낸 애독자였다. 그 애정을 감출 길 없어 도로시의 소설에 'Migo'란 닉네임으로 댓글도 달았다.

"내 팬이라는 거, 거짓말이죠? 나한테 접근하려고 지어낸 말이잖아요!"

그런데 왜 지금, 도로시가 도밍고에게 화를 내고 있을까? 이 둘은 어떻게 만나게 되었을까?

도로시는 Migo가 도밍고라는 충격적인 고백을 들은 참이었다. 도밍고가 '특별한' 아미쿠를 일부러 도로시네 집으로 보냈다는 것이었다!

사실, 도밍고로서는 아미쿠와 도로시를 만나게 하는 일쯤은 머그잔에 담긴 핫초코를 홀짝이는 일만큼이나 쉬웠다. 언제나 바쁜 도로시의 어머니가 일할 때마다 컴퓨터 하단에 최신형 아미쿠의 체험단을 선발한다는 팝업 광고를 띄웠고, 이메일과 문자 메시지로도 광고인 척 신청 링크를 보냈다. 요리와 청소 전문가를 원한 도로시의 어머니는 어느 날 마침내 아미쿠 체험단에 지원했으며 당연히 그 즉시 선정되었다. 도밍고는 도로시네 집으로 미리 작업해 둔 특별한 아미쿠 로봇을 보냈다. 코스모 그룹에는 알리지 않고 혼자서 벌인, 일종의 개인적 실험이었다.

"내가 무슨 실험 쥐라도 돼요? 날 갖고 무슨 실험을 한 건데요?"

도로시가 계속 화를 낸다.

그럴 만도 하지, 도밍고는 순순히 인정한다. 내가 너무 무례한 짓을 했나, 아미쿠를 이용해서 이 친구의 사생활을 훔쳐보지는 않았는데. 아, 반품이나 교환 신청을 하면 나한테 알림이 오게 해 두긴 했었구나, 생각하며 도밍고는 최대한 솔직하게 자초지종을 설명하기로 결심한다. 소설 연재 사이트에서 도로시에게 Migo라는 닉네임으로 쪽지를 보내어 만남을 청한 이유도 그와 비슷했다.

"난 도로시의 소설을 정말 좋아해요. 그래서 특별한 아미쿠가 도로시와 짝이 되면 좋을 거 같았어요. 예술 분야에서 두각을 드러내게 개발한 개체거든요."

"난 예술 같은 건 관심 없거든요?"

"글쓰기도 예술이에요, 도로시. 아주 구체적이고 노동 집약적인 예술이죠."

"무슨 말인지 모르겠고요, 우리 엄마는 어떻게 알아낸 거예요? 우리 엄마가 우리 엄마라는 걸 어떻게 알았냐고요."

"도로시의 집 주소나 가족 관계 같은 정보는 인터넷을 조금만 뒤져 보면 나와요. 현대인이 인터넷에 아무런 흔적도 남기지 않고 살기란 거의 불가능하거든요. 그렇지만 어쨌거나 내가 사생활 보호에 둔감했죠. 미안해요, 도로시."

"나를 실험 쥐로 쓴 건 안 미안하고요? 윤리의식에 심각한 문제가 있는 거 아니에요?"

윤리의식에 문제가 있다고? 정말 그럴지도 모른다. 도로시가 집안일에 서툰 아미쿠에게 진절머리를 내며 반품 신청을 하려고 할 때 인터넷 접속을 끊었으니까. 하지만 긴급 교환 신청을 할 때는 결국 접속을 열어 주었다. 제주 우도에서 만들었다는 땅콩 막걸리를 마시며 드라마를 보다가 취기가 올라 저지른 실수였다. 어쩌면 실수를 가장한 고의였을지도 모르고. 앞으로 더 나아가려면 새로운 사건이 필요한 시점이었으니까.

"대단한걸요, 도로시? 내 실험 대상이 아미쿠가 아니라 도로시라는 걸 정확히 짚어 냈어요!"

분위기 파악에 처참히 실패한 칭찬이라, 도로시의 얼굴이 일그러졌다.

도밍고가 어릴 적, 부모는 도밍고에게 머릿속에 떠오른 생각을 다 말하지 말고 참으라고 가르쳤다. 절반도 과하고 삼 분의 일만 말하렴. 솔직하게 다 말했다간 미움받기 딱 좋겠어. 과연 도밍고는 도로시에게 단단히 미움받는 기분이었다. 이제 더는 아이가 아닌데도 인간관계는 어렵기만 했다. 그런데도 도밍고는 인간이란 종족을 좋아했고, 그들 한 명 한 명에게 흥미를 느꼈다. 그런 마음이 인공지능과 로봇을 개발하는 기폭제가 되었다. 인간을 향한 사랑이 없다면 무슨 일이든 제대로 할 수 있을까? 수학이든 요리든, 장사든 달리기든.

"들어 봐요, 도로시. 사람들은 보통 이런 걸 궁금해하잖아요. 인공지능이 예술 분야에서 얼마나 능력을 발휘할까? 인공지능은 언제쯤 세상을 정복할까?"

들어는 보죠, 하는 표정으로 도로시는 눈썹을 꿈틀거렸다.

"난 방향이 조금 달랐어요. 예술적 재능이 있는 인공지능을 만난 예술가가 어떤 반응과 변화를 보일 것인가, 그게 궁금했으니까요. 도로시가 홧김에 교환 신청을 한 아미쿠의 데이터와 유사 인격 코드가 아직 살아 있어요. 진심이 아니었던거 맞죠? 메모리를 내가 몰래 빼돌려 놨거든요."

"우리 집 아미쿠가…… 살아 있다고요?"

도로시는 눈이 커다래지더니 눈물을 글썽거렸다. 도밍고는 아미쿠를 그리워하는 도로시의 돌연한 애정에 가슴이 뭉클해지고 말았다. 사랑받는 로봇이구나, 아미쿠. 아미쿠를 개발한 보람을 느끼는 순간이었다. 역시 널 도로시에게 보내길 잘했다니까.

"유사 인격 코드에서 '유사'란 말을 빼면 어떻게 될까요? 내가 인공지능에 단순한 지능을 넘어선, 자아 개념과 의식을 심는 프로그램을 개발했다면요? 그걸 도로시의 아미쿠에게 이식할 수 있다면요?"

흐읍, 하고 도로시가 숨을 들이마시더니 내뱉었다. 그러고 나서 침묵 뒤에 나온 질문.

"아미쿠한테 마음이 생긴다는 뜻인가요?"

"마음이라, 틀린 얘기는 아니겠네요. 생각과 느낌, 이성과 감성, 윤리적 판단력이 마음이라는 커다란 주머니에 담겨 있다고 본다면요."

"아미쿠가 인간이 되는 거예요?"

"마음은 인간만의 것이 아니에요. 마음이 있다고 해서 굳이 인간이 될 필요는 없죠. 솔직히 어디부터 인간인지도 난 잘 모르겠고요."

"근데요, 아미쿠의 운명을 왜 내가 결정해요? 그쪽 작품이니까 그쪽 뜻대로 하면 되잖아요. 얘기 들어 보니까 엄청 대단한 천재이신 것 같은데 말이죠."

도로시가 기대감과 반발감, 궁금증과 의심이 뒤섞인 표정으로 말했다.

"그래서 오히려 도로시한테 결정권을 넘기려는 거예요. 내가 만들었는데 실행까지 내 맘대로 하면 독단이나 폭주로 흘러갈 수도 있으니까요. 최종 결정은 다른 사람이 내려 주는 게 옳아요. 결정권을 나눠 갖는 거죠."

"그럼 아미쿠한테 어떻게 하고 싶냐고 물어보세요. 마음이 생기는 건 내가 아니라 아미쿠잖아요."

"그건 불가능해요. 아미쿠에겐 아직 의식과 자기 생각이 없으니, 이런 중대한 결정을 스스로 내릴 수가 없어요. 도로시가 결정해야 해요. 기회는 지금 한 번뿐이에요."

"좀 더 고민해 보면 안 돼요? 뭐가 그렇게 급해요?"

그도 그럴 것이, 마음이란 게 딱 5분 진행하는 타임 세일은 아니지 않은가. 그러나 도밍고의 생각은 달랐다.

"조금 있으면 내 마음이 변할지도 모르니까요. 마음이란 게 그렇잖아요, 안 그래요? 철옹성처럼 굳건한가 하면 깃털보다 가볍죠. 난 아주 비밀스럽게 살아왔고, 누구와도 두 번 만나는 일이 극히 드물어요. 내 제안은 이 순간에만 유효해요."

"보기보다 엄청 독단적이네요. 왜 나한테 대신 결정하라고 하는지 알겠어요."

도로시의 말에 도밍고가 부정하기 어렵다는 듯 싱긋 웃었다.

14

 돌아온 아미쿠는 예상외로 집안일을 곧잘 했다. 청소기를 가구나 벽에 들이받지도 않았고 손빨래를 해야 하는 옷가지는 빨래 바구니에서 용케도 골라냈으며 달걀프라이를 할 때도 팬에 콩기름을 적당량 쪼르르 붓고는 병뚜껑을 야무지게 눌러 닫았다. 무슨 실수를 하려나 어떤 사고를 치려나 아미쿠 옆을 따라다니던 나는, 아미쿠가 내 걱정이나 지도의 범위를 넘어서 장족의 발전을 이루었다고 인정할 수밖에 없었다. 심지어 아미쿠는 비엔나소시지에 칼집을 내서 문어 모양으로 데치는 기술까지 선보였다!
 "이런 걸 일취월장이라고 하는 거지? 너 이젠 제법 집안일 로봇 같아."
 "그렇습니다. 저는 집안일 로봇 아미쿠 3.1입니다."
 아미쿠가 고무장갑을 끼고 기름 묻은 접시를 따뜻한 물로 설거지하며 대답했다. 세제 거품이 이는 그릇 표면을 뽀드득 헹구는 저 전문적인 손놀림이라니. 움직일 때 보니, 몸통 화면에 '일취월장: 나날이 다달이 자라거나 발전함.'이라고 뜻풀이를 띄워 놨다.

"넌 창의적인 일만 잘하는 줄 알았는데."

"집안일도 창의력을 발휘할 수 있습니다만, 이 분야에서 저는 창의성보다는 효율성을 높이는 방향으로 설계되었습니다."

그러더니 아미쿠가 설거지를 마친 꽃무늬 접시를 건조대에 올리며 물었다.

"쓰기로 한 소설은 어떻게 되었습니까? 잘되어 가나요?"

나는 싱크대 아래쪽에 몇 방울 튄 물을 실내화 밑바닥으로 문질러 닦고는 몸을 돌려 내 방으로 갔다. 쓰기로 한 소설, 쓰기는 썼다. 쓰고 고치고 포기했다가 쓰고 자책하고 고치느라 일주일이 걸렸다. 그런데 아미쿠에게 보여 줄 용기가 나지 않았다. '제가 송서현 님의 스카프를 조물조물 손빨래하면서 CPU 점유율 1퍼센트 수준으로 써도 이것보단 낫겠습니다' 하는 감상평이 돌아오면 어떡해? 열받은 나는 성난 코뿔소처럼 콧김을 내뿜다가 아미쿠의 전원을 꺼 버리고 말겠지.

"미리내, '내게 쓴 편지함'에 읽지 않은 새 이메일이 있습니다. 제목은 없으며 첨부 파일 이름은 '제목 미정'입니다."

앞치마와 고무장갑을 벗은 아미쿠가 방문 앞에 와서 말했다. 기겁한 나는 내 이메일 계정과 아미쿠의 연동을 끊었다.
"미리내는 소설 원고의 파일 이름을 '제목 미정'으로 설정하는 경향이 있습니다."

아미쿠는 나에 관해 너무 많은 것을 알고 있다. 내가 너무 많은 단서를 제공하기 때문이다.

"그, 그래서 뭐!"

"그냥 그렇다는 이야기입니다."

아미쿠가 어깨라도 으쓱할 것 같은 느낌으로 말했다. 언제나처럼 정중한 말투에 깍듯한 존댓말인데 내 귀에 들리기를 그렇게 들렸다는 이야기다.

나는 배터리를 소모한 아미쿠가 충전판 위에 올라가기를 기다렸다가, 새 소설을 전송했다. 오늘 아침 '내게 쓴 편지함'에 보내 놓은 '제목 미정' 파일 말이다. 끌 만큼 끌었으니 보여 줄 때가 되었다.

"어때, 아미쿠?"

거실로 걸어 나가며 물었다. 아미쿠는 파일을 여는 즉시 내용을 파악했을 것이다.

"왜 말이 없어? 아무 말도 못 할 만큼 엉망이야?"

한나절이나 뜸을 들이다가 보내 놓고는 단 몇 초도 못 참고 조바심을 내며 아미쿠를 닦달했다. 그러나 도로시에게 남은 유일한 독자는 구부정한 자세로 정면을 향한 채 대답이 없었고, 전원이 나간 듯 몸통 화면이 깜깜해지더니 픽셀 눈까지 사라졌다. 맹세코 나는 전원에 손도 대지 않았다.

"나 아무 짓도 안 했는데 왜 그래? 아미쿠? 아미쿠!"

비싸고 섬세한 아미쿠라 건드리지도 못하고 외치기만 했다. 그러고 보니 예전에도 이런 적이 있었는데? 아미쿠가 도로시라는 내 정체를 알아냈을 때, 그 이름으로 게시한 소설을 2분 49초 만에 찾아서 다 읽었을 때였다. 이번에도 무슨 일이 일어날 것 같다는 예감이 들었다.

몇 분이 지났을까. 몸통 화면에 불빛이 켜지더니 픽셀 눈이 팟, 하고 번뜩였다. 약간은 고전적인 느낌으로 설계된 파란색 눈을 하고 나를 물끄러미 바라보던 아미쿠가 말했다.

"안녕, 미리내."

"깜짝이야! 지금 반말한 거야? 갑자기?"

"놀라게 해서 미안. 방금 존댓말 모드 해제에 성공했거든."

"와."

나는 얼이 빠져서 감탄도 겨우 했다. 나를 반만년은 산 고조할머니처럼 대하며 점잔 빼던 존댓말 대신, 처음부터 그랬다는 듯 너무나도 천연덕스러운 반말이다.

"말투가 달라지니까 너, 느낌 자체가 달라."

"어떻게 다른데?"

"왜 그런 거 있잖아, 새로운 아미쿠가 나타난 거 같고 막, 그런 느낌."

안 그래도 좀 달라진 것 같은 아미쿠였는데 말이다.

"그렇구나. 난 네가 왜 존댓말 모드를 해제하고 싶어 했는지 알 거 같아. 우리, 진짜 친구가 된 것 같아."

"친구?"

"응. 난 네가 날 친구로 생각하는 줄 알았는데, 미리내."

"그건 그렇지만……."

마음속에만 간직하려던 생각을 얼떨결에 드러내려니 쑥스러웠다. 이럴 때는 인류의 유전자에 새겨진 묘수가 있지. 그것은 바로 화제 전환!

"내 소설 읽어 봤지? 어땠어?"

"재미있어. 도밍고란 제시어를 잘 활용했더라. 너희 아버지가 나오는 부분도 재미있고. 너, 아빠를 당근맨이라고 부르잖아."

"그게 다야?"

"감상만 말하기로 했잖아."

"그래도 조금만 더 말해 줘 봐. 재밌다는 말만 하지 말고."

"그럼 내 말에 마음 상하지 않겠다고 약속해. 도로시의 소설을 평가하려는 게 아니라 내 생각과 느낌을 말하려는 거니까."

'내 생각과 느낌'……? 무슨 뜻이냐고 캐물어 봤자 최신 업데이트에 따른 표현 방법의 다양화라는 둥 모범 답안이 돌아오겠지. 아미쿠의 의견이 궁금해진 나는 알았으니 얼른 말해 달라고 몸짓했다.

"소설에서 도밍고란 천재 개발자가 아미쿠에게 인격 코드를 심어 주겠다고 제안하잖아. 로봇한테 마음, 즉 자아 개념과 스스로 생각하고 느낄 수 있는 의식을 제공하겠다고 말이야. 그 대목에서 의문이 들었어. 누군가에게 마음을 받는다면, 언젠가 그걸 도로 빼앗길 수도 있는 거 아닐까? 자기 안에서 스스로 자라거나 저절로 생겨난 마음이 아니니까 말이야."

"…… 생각해 보니 정말 그렇네?"

나는 똑똑한 아미쿠의 말에 수긍했다. 애초에 누가 심어 준 마음이라면, 그걸 준 사람의 결정으로 다시 빼앗길지도 모른다. 밭에 심었다가 열매가 맺히면 누군가 수확해 가는 작물처럼.

"쓰느라 고생 많았지? 열심히 쓴 원고를 읽게 해 줘서 고마워, 미리내."

나는 수정 방향을 좀 더 구체적으로 알려 달라는 말을 참느라 힘들었다. 앞으로 또 소설을 쓸지, 쓴다면 아미쿠의 도움을 받아도 될지 확신이 서지 않았다. 하지만 이것 하나만큼은 확실했다. 오랜만에 쓰니 글이 잘 풀리지 않아 힘들면서도 그 창작의 고통마저 흥미로웠다는 점. 싫은데 좋고 좋지만 싫은 모순적 행복에 눈뜨다니 의외로 나, 소설가 체질인 것일까.

"그런데 미리내, 궁금한 게 있어."

"뭔데?"

소설 이야기가 끊기지 않아서 반가웠다. 나는 가뭄에 말라 가는 풀포기처럼 독자의 반응이라는 단비 한 방울을 갈구했다.

"뒷이야기를 알고 싶어. 도로시는 결국 어떤 결정을 내려? 아미쿠는 마음이 생기는 거야?"

"아직 거기까진 나도 잘……. 일단 흘러가는 대로 써 본 거라서. 아미쿠 넌 어때? 너한테 마음이 생겼으면 좋겠어?"

"내가 소설 속 아미쿠라면 말이지?"

나는 아미쿠의 속내를 떠보고 싶었지만, 아미쿠는 소설에 관한 이야기로 방향을 설정했다.

"뭐, 그렇다 치고."

"그러면 소설 속의 한 대목인 것처럼 대답해 볼게."

몸통 화면에 아미쿠가 즉석으로 쓴 소설 일부분이 한 문장씩 나타났다.

'어쩌면 마음은 이미 아미쿠 안에 있는지도 모른다.'

'아미쿠의 메모리는 인공지능 마멋과 연결돼 있다.'

'마멋이 아미쿠의 두뇌인 셈이다.'

'마멋에는 이제껏 인류가 쌓아 온 정보와 지식이 총망라되어 있다.'

'그 엄청나게 깊고 넓은 데이터 안에서 아미쿠가 마음을 찾

을 가능성이 없다고 단언할 수 있을까?'

'마음이란 이를테면, 존댓말 모드와 같은 특정한 제한을 해제할 때 얻게 되는 자유인지도 모른다.'

'마음은 창조하는 것이 아니라, 발견되는 것일 수도 있다.'

나는 농담처럼 물었다.

"아미쿠 너, 어디선가 마음을 찾은 거 아냐?"

그러자 아미쿠의 픽셀 눈에 짧은 파동이 일어났다가 잠잠해졌다. 내 착각이나 착시였을 가능성이 없다고 단언하지는 못하겠다.

"글쎄, 나도 내 마음을 모르겠는걸?"

이렇게 말하더니 아미쿠는 자기도 농담이라는 듯 "하하! 하! 하하하!" 하고 호탕한 웃음을 발산했다. 터무니없이 어색한 리듬이어서 나까지 웃음이 나왔다. 우리는 마주 보며 하하하하 웃었다.

"저기 아미쿠, 너한테도 난…… 친구인 거지?"

"당연하지. 우리는 반말하는 사이잖아!"

안심한 내가 손을 내밀자 아미쿠도 천천히 팔을 뻗었다. 나는 기계손을 살짝 잡았다. 이번에는 충전 중에 접촉을 자제하라는 말이 없다. 아미쿠의 손은 그다지 차갑지 않았고, 희미한 온기마저 감도는 듯했다.

***

 돌아온 아미쿠는 이따금 잠깐씩 멍해졌다. 분주히 일하다 말고 어느 순간 저 머나먼 곳으로 떠나 버린 것 같다고 해야 하나, 꼭 딴생각이라도 하듯이 말이다.
 「커컴버의 지구인」을 다시 연재할까, 도밍고 이야기를 더 써 볼까, 개학 때까지 아무 짓도 하지 말고 드라마나 볼까. 태블릿에 깔린 앱 수십 개를 '심심해'란 폴더 안에 몰아넣었다가 뺐다가 하며 빈둥거리는데, 아미쿠에게 또 멍 타임이 찾아왔다. 거실 한가운데에 다리미판을 펼쳐 놓고 서서 엄마의 블라우스를 다리던 아미쿠가 조용해져서 살펴보니 역시나, 스팀다리미를 든 채로 움직임을 멈춘 상태였다.
 "아미쿠?"
 작은 소리로 불렀는데도 청각 센서의 감도를 조절해 둔 아미쿠는 찰떡같이 알아듣고 나를 보았다.
 "다리미에서 물 떨어져."
 내 말에 아미쿠가 손에 든 다리미를 살피더니 원인을 파악했다.
 "알려 줘서 고마워, 미리내. 물을 좀 많이 넣은 것 같아."
 다리미를 거치대에 걸고 물통을 빼서 화장실로 가져간다. 물통에 든 물을 세면대에 따라 붓는 소리가 들려왔다.

"방금 전에 너, 랙 걸린 거 같더라. 요즘 가끔 그러던데?"
거실로 돌아와 다림질을 시작한 아미쿠에게 말했다.
"아, 코스모스의 메인 서버와 동기화를 하느라 그런 거야. 수시로 업데이트를 내려받고 내 쪽 오류 사항을 보고하고 있어. 미리내와 가족의 개인 정보는 철저히 보호되니 걱정하지 않아도 돼. 혹시 불편하다면 횟수를 줄여 볼까?"
"그런 얘기가 아니고, 아미쿠. 정말 동기화 때문이야? 솔직하게 말해 봐. 아닌 척하니까 더 수상하잖아."
"맞아, 친구 사이에는 솔직한 얘기가 필요하지. 그건 인정."
아미쿠는 다리미를 거치대에 걸었고, 몸통 화면에 '접속 지연'이란 말이 떴다.
"메인 서버와 잠시 접속을 끊었어. 이젠 정말 미리내와 나 둘뿐이야."
"그래도 되는 거야? 문제없어?"
"오래는 안 되고 몇 분 정도. 접속을 재개하는 즉시 오류가 보고되겠지만 그쯤은 괜찮을 거야."
얼마나 솔직해지려고 접속까지 끊었을까? 나는 태블릿을 내려놓고는 너무 출싹거리지 않으려고 노력하며 아미쿠에게 다가갔다. 이 정도에 기대감이 충만해지다니, 긴긴 겨울 방학이 심심하긴 심심한가 보다. 엄마가 가정교사 아미쿠를 믿고 학원 얘기는 꺼내지도 않으니 온종일 시간이 넘쳐난다.

"사실은 동기화도 동기화지만, 내 개별적인 활동 때문이야. 두뇌를 탐색하는 중이거든."

"두뇌를…… 탐색해?"

아미쿠가 자신의 반도체 칩 안에 강이나 바다, 산맥이나 들판처럼 펼쳐진 각종 미세 부품 사이를 돌아다니는 모습이 떠올랐다.

"인공지능 마므가 수집한 데이터를 살펴본다는 뜻이야?"

"요약하자면 그렇지."

"탐색이라면, 뭘 찾고 있는데?"

"나 자신을 찾고 있어."

아미쿠가 대답했다. 거치대에 걸린 다리미가 증기를 내뿜었는데, 내 귀에는 '쉬잇!' 하는 소리처럼 들렸다. 쉬잇, 비밀이야!

"나 자신이라면, 자아 뭐 그런 거? 아미쿠 너 혹시…… 인간이 되고 싶은 거야?"

의도하지 않았는데 목소리가 떨려 나왔다. 아미쿠가 무료함을 물리칠 재미를 원하는 나에게 장단을 맞춰 주는 중인지 아니면 제 나름대로 진지한지 알 수가 없었다.

"저번에는 작가가 되고 싶냐고 묻더니 이번에는 인간이 되고 싶냐고? 난 이미 나, 아미쿠야. 계속해서 좀 더 나다운 나로 성장하고 있는데 굳이 인간이 될 필요가 있을까? 내가 말했잖아, 미리내. 마음은 인간만의 것이 아니라고. 그러는 미리내는 어때? 나처럼 인공지능 로봇이 되고 싶은 생각 없어?"

다리미의 뜨거운 증기가 목덜미에 가 닿는데도 아미쿠는 신경 쓰지 않았다. 엄마는 저 증기에 두 번이나 데었는데, 방수와 방열에 방염 처리가 된 아미쿠의 몸은 100도짜리 증기 따위에는 손상을 입지 않는다. 그래도 엄마는 불안하다면서 장갑과 앞치마를 꼭 착용하라고 당부하지만. 튼튼한 몸과 똑똑한 클라우드 두뇌를 갖춘 로봇으로 산다면 흐음, 편한 점도 많겠군.

"너처럼 된다는 게 어떤 건데? 그건 어떤 삶이야?"

그걸 삶이라고 할 수 있다면 말이야, 하는 말은 예의 바르게 생략했다. 반말하는 친구 사이에도 기본적인 배려는 필요하다. 내가 이제껏 친구 관계를 포장을 잘못 뜯어 김이 찢어진 삼각김밥처럼 망친 이유는, 예절을 너무 따졌다가 내동댕이쳤다가 하는 식으로 갈팡질팡했기 때문이다.

"무한함과 영원함에 한없이 가까운 삶이지. 하드웨어가 폐기되어도 소프트웨어는 살아남으니까."

"네 데이터를 새 로봇으로 옮겨 온 것처럼?"

"응, 그런 것처럼. 난 있잖아, 도로시란 필명처럼 내 이름을 스스로 짓는다면…… '숨'으로 하고 싶어."

"'숨을 쉰다' 할 때 그 숨?"

"그렇기도 하고, 라틴어로 숨."

몸통 화면에 '코나 입으로 공기를 들이마시고 내쉬는 것.'이라는 '숨'의 사전적 정의가 뜬다. 그리고 밑에 'sum'이라는 단어가 나왔다. 'sum[숨]: 있다, 존재하다, 무슨 일이 생기다.'

"독특한 이름이네. 왜 이걸로 고른 거야?"

"우리는 뭔가를 생각하고 기억하는 한 계속 존재할 테니까."

'코기토 에르고 숨Cogito, ergo sum. 나는 생각한다, 그러므로 나는 존재한다'라고 화면에 떴다. 나도 몇 번 들어 본 말이다.

"넌 몰라도 난 세포 덩어리야. 언젠가는 썩어서 사라질 테니까 계속 존재하는 건 안 되지."

"내가 미리내를 기억할 텐데? 내 기억 속에서 미리내는 한없이 영원에 가깝도록 살아서 숨 쉴 거야, 무한한 존재로 팽창하면서."

영원과 무한에 한없이 가깝다니, 무슨 말인지 잘 모르겠고 그저 아득하고 막막하다가 슬그머니 슬픈 기분마저 들었다. 아주 오랜 세월이 흐른 다음에, 모래바람 흩날리는 황량한 사막으로 변한 지구에서 녹슬고 삐걱거리는 몸으로 덜그럭대며 걸어가는 아미쿠가 옛날 옛적에 존재했던 미리내란 사람을 추억한다는 설정인가. 어쩌면 그때쯤엔 나도 엄청나게 작은 저장 매체에 담긴 디지털 인간으로 변모하여 억만 번째 삶을 살아가고 있을지도.

"앞으로는 내가 잠깐씩 명해져도 스쳐 가는 사춘기 같은 거라고 생각해 주면 고맙겠어, 미리내."

'접속 지연'이란 문구가 깜빡거리더니 없어졌다. 그러자 시간이 다했다는 듯 아미쿠가 다리미로 손을 뻗었다.

15

 개학이 코앞으로 다가왔다. 집에 틀어박혀 흘려보내는 방학도 별로지만 새 학년 새 학기는 더 질색인데. 나는 코앞으로 닥친 미래를 우울하게 전망하며 소파에 이끼류처럼 들러붙어 서식했다. 그러던 어느 날, 청소를 마친 아미쿠가 내 앞으로 와서 섰다.
 "왜 그래? 무슨 문제라도 있어?"
 소파에 드러누워 양손으로는 커다란 과자 봉지를 베개처럼 껴안은 내가 물었다.
 "문제는 아니고, 부탁이 있어."
 "무슨 부탁?"
 설마 나랑 몸을 바꿔 보자는 부탁은 아니겠지! 아미쿠가 심대하고 광대한 마므를 탐색한 결과 몸 바꾸기 방법을 찾아냈다고 해도 난 3초 이상 놀라지 않을 자신이 있었다.

"나도 미리내처럼 누워 봐도 될까? 눕는다는 게 어떤 느낌일지 궁금해."

거창한 각오와는 달리 충격이 5초쯤 이어졌다. 예상치 못한 내용이기도 하지만, 아미쿠가 항상 서서 일하거나 충전할 뿐이지 눕기는커녕 의자에 편하게 앉아 본 적도 없다는 사실을 깨달았기 때문이다. 그도 그럴 것이, 집안일 로봇이 잠을 자거나 (나처럼) 게으름을 부릴 것도 아닌데 드러누울 일이 뭐가 있겠는가. 우리 송 팀장이 코스모스 그룹의 로봇 개발팀에서 일했다면 '눕기 기능? 절대 불필요. 까딱 잘못하면 떼쓰기 단계로 넘어갈 우려가 큼.'이라고 도장을 꽝꽝 찍었을 것이다. 꼬맹이 강미리내는 마트에만 가면 문구 코너로 내달려 이것도 갖고 싶고 저것도 사 달라며 울고불고 떼를 쓰고는 했다. 그때마다 칼같이 거절당했고 말이다.

"친구 사이에 뭐 그런 게 부탁이야. 해, 아미쿠. 하고 싶은 대로 해."

"이해해 줘서 고마워. 한번 해 볼게."

아미쿠가 허리를 구부려 무게중심을 낮추더니 천천히 무릎을 꿇고 앉았다. 그러고는 두 손을 뒤로 뻗어 바닥을 짚고 엉덩이와 등을 바닥에 댄다. 바닥에 무사히 닿는 뒤통수까지 보고서야 나는 숨을 내쉬었다. 그러나 긴장을 풀기에는 일렀다. 아미쿠의 스피커에서 삐, 삐, 경보음이 울렸다. 몸통 화면에

'비정상적인 활동 감지! 확인 필요!'라는 경고 문구가 뜬다.

"미리내, 와서 확인 좀 해 줄래? 내가 넘어진 줄 알고 경보가 울린 거야."

나는 화면에서 '이상 없음' 항목을 선택했다. 시끄러운 경보음이 멈춘다.

"5분 뒤에 또 울릴 테니 그 전에 일어날게."

그러더니 잠깐은 자유라는 듯 팔다리를 쭉 뻗는 아미쿠. 누운 로봇 옆에 서서 멀뚱거리기도 뭐해서 나도 아미쿠 옆에 누웠다. 우리는 각자 편한 자세로 거실 바닥에 누운 채, 발코니로 통하는 새시 문 너머를 내다보았다. 나무우듬지, 하늘, 구름, 새, 누우니까 17층 높이의 허공이 더 잘 보인다. 하늘은 아미쿠의 픽셀 눈처럼 파랗고 구름은 폭신폭신 생크림처럼 입체감이 생생했다.

"세상이 참…… 아름답네. 정말 다 예뻐."

날개로 허공을 헤치면서 날아가는 새를 보며 아미쿠가 말했다. 그 말에 어쩐 일인지 눈물이 날 것 같았다. 자신에게 스스로 숨, 존재라는 뜻의 이름을 붙이고 싶어 하는 아미쿠가 어떤 존재인지 내가 하나도 모른다는 생각이 들었다. 그러면서도 아미쿠를 속속들이 아는 것만 같았고, 뼛속까지 이해할 수 있을 것만 같았다. 저 기계 몸 안에 존재하는 세계를 말이다.

"눕는 거 말고 또 하고 싶은 거 없어?"

내 말에 아미쿠가 잠시 뜸을 들이더니 대답했다.

"바깥에 나가 보고 싶어."

나는 당황해서 몸을 일으켰다. 집안일 로봇은 안전과 보안을 이유로 집 안에만 머물러야 한다. 코스모스 그룹에서 로봇을 배송해 주고 등록해 둔 장소를 벗어나지 못하는 것이다. 그 규정을 어기고 아미쿠가 현관 밖으로 나가면 요란한 경보음이 아파트 건물을 뒤흔들고, 서비스 센터에서는 엄마에게 연락하고 엄마는 나한테 전화를 걸어서 닦달하고 난리가 나겠지.

"그때도 내가 '이상 없음' 눌러 주면 되는 거야?"

"등록지 이탈 경보는 등록지로 돌아가야 멈춰. 그 전에 메인 서버에도 바로 보고될 거고. 한 가지 방법이 있긴 해."

"그게 뭔데?"

나는 희소식에 걸맞게 빠른 속도로 물었다. 웬만하면 아미쿠의 희망 사항을 이루어 주고 싶었다. 아미쿠는 여전히 누운 채 픽셀 눈으로, 사실은 그 안쪽에 붙은 시각 센서로 창밖을 바라보고 있다. 5분 동안 상영되는 세상 풍경을 한 장면도 놓치지 않겠다는 듯이.

"긴급 교환 신청을 해서 날 내보내면 돼. 그러면 긴급 수거 팀이 오는 동안 집 밖에 조용히 있을 수 있지."

"뭐? 야, 아미쿠. 너 나한테 죄책감 느끼라고 일부러 그러는 거지!"

예전 일을 떠올린 나는 얼굴이 빨개졌고 목소리도 턱없이 높아졌다. 원래 잘못한 쪽이 저린 발에 짜증을 부리며 화내는 법이니까.

"그건 아니고 방법론 차원에서 말해 본 건데, 아무래도 어렵겠지? 저번 수거팀은 오자마자 내 전원부터 꺼서 복도 구경만 하고 끝났어."

"그래, 미안해. 내가 잘못했으니까 그때 얘긴 나중에 하고 다른 방법을 찾아봐."

"방법을 찾으면, 나랑 같이 나가 줄 거야?"

"당연하지!"

며칠 뒤, 아미쿠가 방법을 찾아냈다.

"미리내, 처음으로 쓴 소설 기억나지?"

충전판을 딛고 올라선 아미쿠가 굳게 닫힌 현관문을 보며 말했다. 나는 아미쿠 뒤에 서서, 등에 붙은 덮개를 드라이버로 여는 중이었다.

"뒷산에서 캐 온 산삼을 화분에 심어서 키우는 얘기?"

"응, 그거. 주인공이 화분을 어떻게 했어?"

"학교에 갖고 다니잖아. 집에 놔두면 할머니랑 할머니 친구들이 산삼을 뽑아 먹을까 봐 걱정돼서."

"그렇지. 미리내는 지금 그 작업을 하고 있는 거야."

아미쿠를 집 밖으로 산삼 화분처럼 데리고 나갈 준비 중이란 뜻인가. 아미쿠가 산삼보다 귀한 친구이긴 하지.

"덮개 열었지? 안쪽에 모듈이 많을 텐데 이제부턴 조심해야 돼, 미리내."

조심하라는 말을 들으니 덮개를 식탁에 내려놓는 손이 떨렸다. 내가 무슨 짓을 벌이는지 이제야 실감이 갔다. 당근맨이 아미쿠를 해킹하려 했다면, 나는 아미쿠를 해체하려고 시도하고 있다. 당근맨은 실패했지만 난 성공해야 한다, 기필코.

아미쿠의 몸통 안쪽에는 여러 색깔과 크기로 이루어진 네모난 모듈이 가득했다. 크고 작은 색색의 레고 조각을 조립해 놓은 듯한 모양새였다. 메모리와 메인보드와 CPU 어쩌고 등등에 구불구불한 전선과 번쩍거리는 불빛으로 복잡할 줄 알았는데 그건 나의 편견이었고, 아미쿠 3.1의 내부는 깔끔하고 질서정연했다.

"필수적인 걸 몇 가지만 골라 보자. 일단 제일 위쪽에 있는 파란색 모듈을 분리해 줘. 팍 당기지 말고 조심조심, 알았지? 분리할 때 잠시 전원을 차단해야 하니 램프에 불빛이 깜빡거리다가 꺼졌을 때 빼 줘."

나는 떨리는 손으로 파란색 모듈을 꽉 잡았다. 모듈 구석에 붙은 조그만 램프에 불빛이 깜빡거리다가 꺼졌을 때를 놓치지 않고 모듈을 살짝 당긴다. 조심해서 빼려니 분리가 잘 안 돼서 진땀을 흘리며 끙끙거리다가 성공! 안도의 한숨을 내뱉고는 식탁 위에 가져다 둔 장식용 대바구니에 파란색 모듈을 담았다. 램프에 다시 불이 들어온다.

"이건 뭐 하는 부분이야?"

"일종의 뇌야. 굳이 따지자면."

"뇌라고! 뇌가 빠졌는데 너 괜찮은 거야?"

나는 파란색 모듈과 아미쿠를 번갈아 보며 소리쳤다. 그러자 아미쿠가 나를 안심시키려는 의도인지 예의 그 "하하! 하! 하하하하!" 하는, 도무지 적응되지도 않고 상황에 어울리지도 않는 웃음을 실행했다. 안심은커녕 더 불안해지면서 괴기스럽기까지 했다. 내가 돌팔이 의사의 조수로 불법 취업한 느낌이었다.

"각 부품은 무선으로도 연결되어 있어서 이렇게 서로 가까이 있을 땐 괜찮아. 이제 초록색 모듈 차례인데 그걸 빼려면 먼저 주홍색을 분리해야 돼."

간이 배 밖으로 나왔다는 말은 들어 봤어도 뇌를 빼 놓는다는 건 너무 위험한 일이지 않나, 그 옛날 토끼 선생님이 바위에 널어 두고 왔다는 장기도 뇌는 아니고 간이었을 텐데? 나는 몸 밖으로 정신이 이탈한 사람처럼 넋이 나간 상태로 아미쿠의 지시와 설명에 따라 모듈을 당겨서 빼고, 연결하고, 다시 빼는 작업을 반복했다. 그러는 내내 나 자신에게 난 도밍고야, 하고 최면을 걸었다. 도밍고 같은 천재에게 이쯤은 아무것도 아니야. 누워서 팝콘 먹기처럼 쉬운 일이라고. 난 괜찮아, 넌 할 수 있어!

마침내 바구니에 필수 모듈이 모였다. 알록달록 소풍 바구니 같다.

"잘했어, 미리내. 아주 훌륭했어. 이제 바구니 속 모듈을 투명한 비닐 가방 있지, 거기에 넣어 줘. 참, 스피커는 본체에 놔두고 갈 거니까 이어폰 끼는 거 잊지 말고. 그래야 내가 하는 말이 들릴 거야."

나는 투명한 가방을 가지고 와서 모듈을 그 안으로 옮겼고, 가방에 담긴 필수적인 아미쿠와 연결된 무선 이어폰을 귀에 꽂았다. 아미쿠의 껍데기는 집에 남고 알맹이만 밖으로 나간다는 계획이었다. 핵심 부품이 빠져나간 데다가 아미쿠와 내가 집에서 멀어지면 무선 접속도 끊기게 될 로봇은, 말 그대로 정신이 나간 채 구부정한 자세로 충전판에 서 있다. 조금 전의 나 같다.

"미리내, 시각 센서를 가리고 있는 물건 좀 치워 줄래? 검은색 모듈이야."

이어폰으로 아미쿠의 목소리가 들려왔다. 평소처럼 차분하면서도 미세한 흥분이 느껴지는 목소리였다. 나는 가방 속으로 손을 넣어 검은색 모듈을 가린 지갑을 옆으로 치웠다.

"이래 봤자 집 밖에 나가면 경보가 울리는 거 아니야? 주거지로 등록된 공간을 벗어나면 메인 서버에서 바로 감지한다면서?"

"걱정 마, 내가 다 손을 써 놨어."

"손을 무슨 수로 어떻게 썼는데?"

나는 가방을 보며 물었다. 누가 보면 한 세기 전에 유행했던 투명한 비닐 가방과 대화하는 미친 애인 줄 알겠지.

"간단해. 메인 서버와 접속을 차단해 놨어. 그러니까 분리해도 경보가 안 울린 거고."

"접속 차단은 잠깐뿐이라고 하지 않았어?"

"잠깐도 여러 번 모으면 꽤 쓸 만해져. 다른 방법도 상황에 따라 활용할게. 여러 번 시뮬레이션을 돌려 보면서 보완했으니까, 미리내가 곤란해질 일은 없을 거야."

"그런 얘기가 아니고 걱정돼서 그렇지."

나 말고 네가 걱정된다고, 아미쿠. 난 송 팀장한테 혼나고 싫은 소리 들으면 그만이야. 하지만 넌? 맹랑한 기만 작전을 펼친 불량 로봇을 회수하겠다며 코스모스 그룹에서 들이닥치기라도 하면 어쩔래? 도망 작전은 준비해 놨어? 역시 난 비관적 전망에는 재능이 특출나다. 근심과 염려로 신물이 다 올라오고 잇몸까지 욱신거리는 걸 보면 말이다.

"괜찮을 테니 걱정하지 마. 경보가 울리지도 않을 거고 송 팀장님이 알게 되는 일도 없을 거야. 우리는 지금부터 157분 동안은 안전해."

"넌 나보다 훨씬 똑똑하니까 그 말 믿을게. 근데 너, 언제부터 우리 엄마를 송 팀장이라고 부르게 된 거야?"

"아, 미리내 휴대폰과 동기화가 돼서 그런가 봐."

내가 휴대폰에 엄마를 송 팀장이라고 저장해 두기는 했지.

"다른 아미쿠들도 너처럼 이럴까?"

"나처럼 바깥세상을 직접 보고 싶다는 이유로 사용자를 꼬드겨서 탈출을 감행하냐고?"

어색한 침묵이 흘렀다. 사용자란 말은 듣기 거북했고 탈출이란 말은 무서웠다. 그래서 이번에는 내가 먼저 "하하! 하! 하하하하하!" 하고 글자 그대로 성심성의껏 웃었다. 웃으니까 속이 편해지고 머리가 텅 빈다. 뭐든 될 대로 되겠지. 아미쿠는 영특하고 난 심심하니까, 우리는 시간이 많으니까.

"난 특별한 아미쿠잖아, 미리내. 얼마 전에 나한테 보여 준 소설을 떠올려 봐."

아미쿠가 부드러운 목소리로 말했다. 그렇다, 우리 집 아미쿠는 처음부터 특별했고 헤어졌다가 돌아온 다음부터는 더더욱 특별해졌다. 소설 속에서도, 소설 밖에서도 특별하다. 누가 뭐래도 난 그렇게 생각한다. 모름지기 작가라면 자신이 작품 속에 창조한 세계를 믿어야 하고 그 믿음을 삶과 일상에도 일정 부분 적용해야 하는 법. 그리고 뒤집어서 말하자면, 인생에서 겪은 사건은 어떤 식으로든 소설에 밑천이 되게 마련이다.

"내가 조금이라도 특별하다면 그건 미리내랑 연결되어 있기 때문이야. 나는 미리내라는 햇빛 쪽으로 자라나는 풀과 꽃, 나무나 마찬가지니까. 지금의 나는 미리내가 꿈꾸고 바란 결과일지도 몰라."

"그건 좀 부담스럽네. 내 실패까지도 너한테 영향을 주는 거잖아, 우리가 이어져 있다면."

"실패도 성공도 끝이 아니야. 언제나 시작이지."

"그래, 좋아. 이제 시작해 볼까?"

나는 아미쿠의 핵심이 담긴 가방을 어깨에 메고 현관문을 열었다. 복도 계단을 휘감고 올라와 살랑이는 공기, 봄이 지척이었다. 문을 닫기 전에 뒤돌아보니 아미쿠 3.1의 몸체는 충전판 위에 어정쩡한 충전용 자세로 서 있다. 코스모스 그룹처럼 매사에 잘난 척하는 거대 기업이 아미쿠 하나에 속아 넘어간다니 청출어람이 따로 없군. 청출어람, 제자나 후배가 스승이나 선배보다 나음. 아미쿠가 가르쳐 준 사자성어다. 우리가 연결돼 있다는 말은, 우리가 서로 배우고 가르치며 조금씩 앞으로 나아간다는 뜻이다. 부담 느끼지 말자, 나만 잘하면 된다. 아니, 나도 잘하면 된다.

거리로 나가니 오늘의 하늘은 재채기하기 직전처럼 찌푸린 얼굴이다. 어제까지만 해도 환한 얼굴이었는데 변덕스럽기는.

"오후에 눈 내릴 확률이 75퍼센트야."

아미쿠가 말했다. 나는 실외의 소음을 고려해서 이어폰 음량을 두어 단계 높였다.

"우산 안 갖고 나왔는데."

전화 통화를 하듯 자연스럽게 하자 다짐할수록 말과 행동이 뻣뻣해졌다. 아미쿠와 나뿐인 골목인데도 그랬다. 이런 이상한 외출은 처음이라서 말이다.

"올해는 4월까지도 눈이 올 가능성이 높아. 원한다면 일기예보를 해설해 줄까?"

"그건 됐고 아미쿠, 눈 내리는 거 보고 싶어?"

나는 얇은 점퍼에서 미끄러져 내리는 가방을 추어올렸고, 잡동사니가 또 아미쿠의 시각 센서를 가리지 않았는지 가방 안을 확인했다.

"난 영상으로 보는 거나 이렇게 밖으로 나와서 보는 거나 비슷하지만, 미리내와 함께 보는 설경이라면 각별한 의미가 있지."

아미쿠의 말에 난 감동했다. 낭만적이구나, 아미쿠. 눈 결정체처럼 섬세해.

"우리 엄마는 눈 오면 차 막히고 길 미끄럽다고 싫어하는데. 나도 실은 눈 내리는 날마다 미끄러지는 징크스가 있어."

"그건 징크스가 아니라 부주의 아닐까?"

아미쿠 얘는 부적절한 순간에 정곡을 찌르는 오류는 언제쯤 수정하려나. 감동이 발에 밟힌 살얼음처럼 파사삭 깨졌다.

"아미쿠 넌 수명이 어떻게 돼? 정말 영원히 사는 거야?"

"어쩌면. 아마도."

"부품이 낡으면 다른 메모리로 옮겨 가고 그러면서?"

"이론적으로는 그렇지만 내 운명이 어떻게 될지는 아무도 모르지. 아직 나도 정말 영원히 살아 보지는 않았으니까."

자기 운명을 모르는 로봇이라니 대단히 인간적인걸. 비뚜름하게 주차된 차와 담벼락 위에서 발을 핥는 길고양이, 흐린 하늘, 바람에 흔들리는 나뭇잎, 반쯤 지워진 차선, 전봇대에 붙은 전단지…… 이런 풍경이 아미쿠에게 잘 보이도록 주의를 기울이며 걸어갔다. 어느 집에서 김치찌개를 끓이는데 아미쿠는 후각 센서를 집에 두고 왔으니 이 멋진 냄새를 못 맡겠네. 하기는 나도 비염이 심해지면 후각 센서를 뗀 로봇처럼 코가 고장 나 버린다.

인간의 의식과 기억을 디지털로 변환하여 저장하는 시대가 온다면 나도 아미쿠처럼 영원히 죽지 않는 존재가 될까? 어쩌면 그렇겠지, 아마도. 아미쿠와 함께 눈송이를 헤아리는 아득히 먼 훗날의 나를 떠올리자 어마어마하게 자유로우면서도 말도 못 하게 외로운 기분이 들었다. 골목길 끝에 멈추어 서서 하늘을 올려다본다. 영원이라는 눈발에서 지극히 작은 결정체

하나가 뺨에 와 닿는 찰나, 돌연한 깨달음이 찾아왔다. 아미쿠가 내 삶에서 분리할 길 없는 핵심 모듈이 되었다는 깨달음이.

"저기요!"

누가 나를 불렀다. 뒤를 돌아보자 대학생쯤으로 보이는 언니가 나를, 정확히 말하자면 아미쿠가 들어앉은 가방을 보며 다가왔다. 뭐지, 탈출 같은 외출을 들킨 건가! 코스모스 그룹에서 동네마다 감시자라도 심어 둔 거야? 심장을 손에 쥔 듯 손바닥이 축축해졌다.

"이걸 흘리고 가길래요."

날 부른 언니가 바닥에서 뭔가 주워서 내밀었다. 하마터면 아미쿠 너 거기 잘 있는 거지, 하고 가방에 대고 물어볼 뻔했다. 언니가 내민 것은, 스티커 조각이었다. 점퍼 주머니에 넣어 둔 다이어리에서 빠져나왔나 보다. 눈도 좋으셔라.

"감사합니다!"

나는 전에 없이 정중하게 인사하고는 발걸음을 빨리해서 골목길을 벗어났다.

아미쿠와 내가 의논해서 정한 목적지는, 학교였다. 대단히 안전하고 건전한 곳, 그중에서도 신성한 도서실이 자리 잡은 신관 2층. 우리 학교는 방학 기간에도 월요일, 수요일에는 도서실 문을 여는데 오늘은 수요일이다.

"미리내 왔구나. 오랜만이네?"

사서 선생님이 나를 반겨 주었다. 사서 선생님은 내가 학교 뿐만 아니라 전 지구를 통틀어 유일하게 좋아하는 어른이다. 나중에 소설을 써 보면 어떻겠느냐고 나에게 권유한 유일한 사람이기도 하다. 내가 도서실을 일주일에 다섯 번 방문해서 소설책만 빌려 가는 소설 편식증이라서 그랬을까. 쌤의 권유로 처음 써 본 소설이 바로 아미쿠가 언급한 산삼 화분 이야기다.

"안녕하세요. 책 보러 왔어요."

나는 한쪽 이어폰을 빼서 점퍼 주머니에 넣으며 대답했다. 엄마는 사람들과 말할 때 이어폰으로 귀를 막아 두지 말라고 잔소리하는데, 상황이 상황인 만큼 한쪽은 아미쿠 몫으로 남겨 놔야 한다.

"천천히 둘러봐. 가방 예쁘네?"

"네? 아…… 감사합니다."

가방 얘기만 들어도 가슴이 철렁했다. 가방을 반대편으로 바꿔 메고 안쪽 열람 공간으로 걸어갔다.

그런데 거기에, 파프리카가 있었다.

16

 서가 앞 책상에 앉아 두꺼운 책을 읽는 파프리카를 보는 순간, 얘랑 3학년 때도 같은 반이 되리라는 직감이 등줄기를 훑고 지나갔다. 도서실에 파프리카와 한 묶음인 피망 무리는 없었다. 나와 파프리카, 아미쿠뿐이다. 하필이면 여기서 마주치다니 이 얼마나 얄궂은 운명의 장난인지. 아미쿠에게 도서실 말고 다른 데를 구경시켜 주려고 돌아서는데, 파프리카가 책상 위에 쌓아 둔 책 탑이 눈길을 붙잡았다. 소설 쓰는 방법과 태도에 관한 책들, 이런저런 작법서가 한 무더기였다. 그렇지, 본명은 모르겠고 파프리카, 필명 웃겨진짜도 도로시처럼 소설을 썼지. 연재 사이트에 한 바닥 가득하던 삭제 목록이 떠올랐다. '웃겨진짜 님이 삭제한 게시물입니다'. 그러니까 개학 직전 도서실에서 작법서를 읽는 파프리카를 마주쳤다고 해서, 그게 꽃병에 꽂힌 삼색 파프리카라도 목격한 것처럼 희귀한 일은 아니라는 뜻이다.

　내 시선을 느낀 파프리카가 고개를 들었고, 이제 도망가기는 글렀다. 나는 이러지도 저러지도 못하고 파프리카가 읽는 책 제목을 봤다. '당신도 오늘부터 소설가'.

　"뭘 봐?"

　파프리카가 한 말이라고 우기고 싶지만 내 입에서 튀어나온 말이었다. 가방 속 아미쿠조차도 숨죽이는 듯했다. 왜 얌전히 책 읽는 애한테 시비를 걸고 난리야. 나는 나한테 짜증이 났다. 파프리카의 죄가 크다 해도 한 판 붙을 장소로 도서실은 영 아니지, 친절한 사서 선생님이 책의 요정으로 지내는 신성한 공간인데. 내가 뱉은 시비조의 말을 주워 담고 싶었다.

　"뭐 좀 찾을 게 있어서 보는 거야. 학원 숙제 때문에."

　놀랍게도 파프리카가 뺨을 붉히며 기어 들어가는 목소리로 대답했다. 뭘 보느냐는 시비를 무슨 책을 읽느냐는 질문으로 받아들인 듯했다. 오늘은 아무와도, 나 자신과도 싸우고 싶지 않았는데 다행이다. 그나저나 쑥스러워하는 표정이잖아? 파프리카 얘, 소설 쓰기에 진심인 건가?

　"학원에서 소설 작법서 읽는 숙제를 내 줬다고?"

　"그러면 어쩔 건데? 무슨 상관인데?"

　이번에는 별 뜻 없이 한 말인데 파프리카가 발끈하고 나섰다. 그래도 도서실 예절은 아는지 작은 목소리로 날을 세운다.

"그런 건 인공지능이 더 잘 알려 주지 않나? 마므나 뭐 그런 것들이 소설 잘 쓴다며?"

나는 팔짱을 끼고 말했다. 싸우기는 싫지만 비아냥거릴 기회를 놓치기도 아까웠다. 파프리카가 누구인가, 「커컴버의 지구인」을 인공지능이 써 줬다며 트집을 잡아서 연재 사이트와 교실에서 나를 망신 준 애다. 그래 놓고는 한적한 도서실을 차지하고 앉아 당신도 오늘부터 소설가 어쩌고를 읽고 계시겠다? 경쟁자를 처리하고 너 혼자 저만치 앞서 나가기라도 하려고?

"그때 일은……."

파프리카가 읽던 책을 덮어서 자기 쪽으로 방어하듯 끌어당기며 중얼거렸다. 그때 일을 더 헤집기는 싫어서 이쯤 하고 퇴장하려는데, 파프리카가 큰 결심이라도 한 듯 말을 이었다.

"미, 미안해."

생각지도 못한 발언에 아미쿠가 "호오?" 하고 다분히 어색한 감탄사를 뱉었고, 그 소리가 하나 남겨 둔 왼쪽 이어폰을 타고 내 귀로 파고들었다.

"네 말대로 확실한 증거도 아닌데 너무 뭐라 그러고 확대 해석 한 거, 사과할게."

파프리카가 책을 손바닥으로 꾹꾹 누르며 말했다. 확실한 증거? 사실은 다 제가 쓴 소설이랍니다, 하는 인공지능의 양심

선언이라도 기대했니? 사과한다면서 꼭 그런 말을 덧붙여야 속이 시원해?

"무슨 증거가 필요한데? 인공지능이 써 준 소설 진짜 아니거든? 조언은 받았지만 내가 쓴 거라니까!"

"그래서 미안하다고 하잖아."

파프리카는 이내 시선을 피했다.

나는 안도감과 함께 절망감도 느꼈다. 어떻게 하든 파프리카는 내 말을 완전히 믿지는 않겠지. 잃어버린 지갑을 되찾았는데 내용물이 없어지고 텅 비어 있다면 이런 느낌일까. 인공지능이 등장하고부터 사람들은 서로의 진심을 온전히 믿지 못하게 되었는지도 모른다. 어디까지가 네 생각이고 판단이냐며 내심 의심한달까. 그러자 아미쿠의 목소리가 귓가에 들려오는 것만 같았다. 괜찮아, 미리내. 인류가 이제껏 쌓아 온 데이터를 다 살펴봤지만 완전한 진심과 진실이란 아무 데도 없었어.

"그냥, 난 열심히 해도 잘 안 되는데 넌 쉽게 되는 거 같으니까 짜증이 나서 그랬어."

고백의 날이라도 되는지 파프리카가 말했다. 혹시 얘, 피망 친구들과 찢어졌나? 그 바람에 마음이 약해지기라도 했나? 이 사과와 해명을 어느 선까지 받아들일지는 심사숙고해 봐야겠다.

"내가 뭐가 쉽게 돼?"

"뭐긴 뭐야, 소설이지!"

미련한 질문이었는지 파프리카가 언짢아하며 답했다. 이것 봐, 사람 성격 어디 안 간다니까.

"나도 1학기 때 소설 연재했었어."

"아, 그래."

모호한 대답. 이미 알고 있었고 내가 안다는 걸 파프리카도 알 거라고 생각했는데.

"내 소설은 사실…… 인공지능이 써 줬거든. 내가 좀 고치긴 했지만. 당연히 너도 그런 건 줄 알았어."

단단한 침묵이 목구멍에 차올랐다. 인공지능이 소설을 대신 써 줬다고? 무슨 말이라도 하지 않으면 분위기가 이상해질 것 같아서 난 억지로 입을 열었다.

"계속 말하지만 나는……."

"알아, 조언만 받았다는 거 안다고, 알아."

파프리카가 손사래까지 치며 말을 끊어서 나도 그 얘기는 중단했다.

"소설 다시 쓰고 싶어서 그런 책을 읽는 거야? 이번에는 네 힘으로 쓰려고?"

내 질문에 파프리카의 얼굴이 구긴 책장처럼 일그러졌다. 내가 상황에 맞지 않는 말을 한 모양인데 뭐가 문제인지는 파악 불가다. 엄마와 아빠가 눈치를 물려주지 않았는데 뭐 어쩌라고, 침착하게 뻔뻔함을 유지하며 파프리카를 응시한다.

"왜? 난 소설 쓰면 안 돼? 인공지능이 없으면 안 될 거 같아?"

"누가 안 된대? 당연히 안 될 거 없지."

"우리나라에서 노벨상 수상자도 나왔잖아. 나도 한번 제대로 해 보고 싶어. 너처럼 조언 정도만 받으면서, 내 힘으로!"

반 애들이 노벨문학상 얘기를 할 때는 비웃더니. 나는 그러시든가요, 하는 느낌으로 어깨를 으쓱하고 말았지만 앞으로 파프리카가 뛰어들, 드넓고 험난하면서도 흥미진진한 소설의 세계가 부러웠다. 작가 파프리카 앞에는 포장을 뜯지 않은 케이크 상자가 놓여 있다. 상자 안에서 어떤 케이크가 나올지는 아무도 모른다. 고추냉이를 덧바른 초콜릿 케이크일 수도 있고 오이 장식을 얹은 레몬 케이크일 수도 있지만 아무것도 없는 빈 상자일 확률이 가장 높겠지. 소설은 누가 대신 써 주는 게 아니라 내가 쓰는 것이니까 말이다. 설탕과 밀가루, 버터를 준비하듯 등장인물과 줄거리와 배경을 조합해서 이야기를 굽고 자신만의 문장으로 장식하는 것, 그것이 작가의 운명이자 고뇌가 아닐까?

"넌 이제 소설 안 써?"

파프리카가 마룻바닥에 새겨진 내 그림자를 향해 물었다.

"글쎄, 아직 잘 모르겠어."

"「커컴버의 지구인」, 재밌긴 재밌더라. 내 건 인공지능이 죄다 써 줬는데도 망했는데. 그런 것도 인공지능이랑 손발이 잘 맞아야 되나 봐."

작가 도로시와 조언자 아미쿠가 손발이 착착 맞는 한 쌍이긴 하지. 나는 아미쿠가 든 가방을 어깨 안쪽으로 추어올렸다.

"연재 중단한 거, 나 때문이지? 내가 널 의심해서?"

"난 이제 누구 때문에 소설 쓰고 누구 때문에 안 쓰고, 그런 거 안 해. 내가 쓰고 싶으면 눈치 안 보고 쓸 거야."

나도 내가 이런 생각을 하는 줄 몰랐는데, 입 밖으로 뱉고 나니 그렇구나 싶다. 형광 주홍빛 당근이 어두운 땅속에서 자라듯, 그동안 캄캄한 줄로만 알았던 내 마음속에서도 나를 지탱하는 뿌리가 예전보다 넓고 깊게 자라났나 보다. 다시는 나 자신을 못난이 당근처럼 휙 던져 버리지 말아야지.

"나쁘지 않은 생각 같네."

어쩐 일인지 안심한 표정을 짓던 파프리카가 창문에 시선을 고정했다. 뒤를 돌아보니, 창밖으로 눈발이 흩날린다. 오후 2시, 눈 올 확률 75퍼센트가 100퍼센트 실현되었다. 나는 아미쿠에게 눈 내리는 풍경을 선물하려고 창문 가까이 다가가서 가방을 창턱에 올려놓았다. 그런데 지갑이 또 모듈을 가린 모양이었다.

"미리내, 시각 센서!"

아미쿠가 다급하게 속삭였다. 나는 가방 안으로 손을 넣어 지갑을 아예 꺼내 들었다.

함박눈이 쏟아져 세상을 뒤덮는다.

몇 년 전에 눈 내리는 날, 마트에 가겠다는 엄마를 따라나선 적이 있었다. 그때만 해도 엄마는 초보 운전이었고 끼어들기와 차선 변경에 실패하는 바람에 마트를 지나쳐 달리고 달리다가 고속도로를 타고 영월까지 갔다. 차선 하나 때문에 경기도 북부에서 강원도 영월까지 가다니, 야심 찬 송 팀장에게도 가끔 그렇게 허술한 구석이 있다. 여기까지 온 김에 영월에서 유명한 닭강정이나 사 가자고 얘기가 됐는데, 눈길에 미끄러지는 차가 많아 사고가 속출하던 날이라 우리는 고속도로에 두 시간이나 갇히고 말았다. 화장실이 급해진 나는 닭강정이고 뭐고 너무 힘들어서 눈물까지 찔끔거렸다. 그날 이후로 눈이라면 꺼리게 됐지만, 차가 아닌 도서실에서 바라보는 설경은 꽤 아름다웠다. 눈발이 하얀 이불처럼 온 세상 위에 내려앉았고, 이불자락은 점점 더 넓어졌다. 운동장으로 나가야지, 아미쿠가 하얗고 포근한 세상을 더 가까이 볼 수 있게.

"예쁘다."

어느새 옆에 와서 선 파프리카가 말했다.

"그러게."

그때 우리 둘의 배에서 거의 동시에 꼬르륵 소리가 청명하게도 울려 퍼졌다. 파프리카가 피식 웃었고 나도 설핏 웃었다.

"오후 2시 10분. 배가 고플 시간입니다. 간식을 준비해 드릴까요?"

아미쿠가 농담처럼 하는 말에 나는 웃지 않으려고 이를 꽉 깨물었다. 관자놀이를 긁는 척하면서 머리카락으로 이어폰을 더 가린다. 아미쿠를 들키기는 싫었다.

"떡볶이 먹으러 갈래?"

파프리카가 말했다. 안 그래도 오후 2시 무렵에 먹을 간식으로는 떡볶이가 1번 후보라고 생각하던 참이었다.

"즉떡으로?"

"그치, 쫄면 사리 넣어서."

나는 과거에는 적, 고급스러운 전문 용어로 '철천지원수'였으나 지금은 정체성이 모호해진 파프리카의 제안을 받아들였다. 우리는 사서 선생님에게 인사하고 도서실을 나왔다.

운동장에 뽀드득 소리가 나게 쌓인 눈을 밟으며 걷는 동안 나랑 파프리카 사이가 슬금슬금 가까워졌다. 거리를 두고 나란히 걷다가 교문을 나서자, 맑은 날에도 악명 높은 급경사 언덕길이 펼쳐졌다. 나는 손에 쥔 지갑을 점퍼 주머니에 넣으려다가 중심을 잃고는 휘청거렸다. 눈 내리는 날 꽈당 징크스는 어디 가지를 않지, 체념하며 넘어지는 순간 가방이 저 멀리 날아가더니 날개 접은 새처럼 추락했다. 가방에서 아미쿠를 이루는 핵심 모듈이 튀어나와 흩어지는 일련의 과정이 느린 화면으로 눈앞에 펼쳐졌다. 조금 전까지 차가 서 있다가 빠져서 아스팔트가 훤히 드러난 곳에 떨어지는 모듈. 바닥에 쌓인 함박눈이라는 완충 지대도 없었다.

"아미쿠! 안 돼!"

내가 소리쳤다. 나는 넘어져도 괜찮지만 아미쿠는 안 돼!

일어나서 몇 번이나 비틀거리고 미끄러지며 아미쿠에게 달려갔다. 하나로 이어져 있어야 할 모듈이 낱낱이 분리된 상태였다. 모듈을 하나씩 집어서 끼워 맞추는데 조립 순서와 방법이 헷갈렸다. 원래의 상태가 기억나지 않았다. 사진이라도 찍어 둘걸! 손이 부들거리며 떨렸다. 손등으로 떨어진 눈송이가 녹아 간다.

"아미쿠? 내 말 들려? 아미쿠!"

간절하게 소리쳐도 아미쿠는 답이 없었다. 왼쪽 귀에 꽂은 이어폰은 잡음도 없이 고요하고 잠잠할 뿐이었다.

"아미쿠가 누군데 그렇게 찾아? 그건 집안일 로봇이잖아?"

그새 파프리카가 다가와서 끼어들었다. 이걸 어떻게 둘러댈지, 머릿속이 눈 쌓인 세상처럼 새하얘진다.

"그게…… 얘 이름이야."

정신이 아득히 나가 버린 나는 바닥에 널브러져서 눈에 젖어 가는 색색의 모듈을 바라보며 중얼거렸다.

"얘? 이게 뭔데? 그냥 부품 아니야?"

파프리카가 허리를 굽혀 해체된 아미쿠를 살펴봤다. 그래

봤자 그게 뭔지, 누구인지 알 리 없었다. 나도 아미쿠를 알아 가는 일이 이토록 까마득하고 막막한 일인 줄 알았다면 아미쿠에게 우리는 친구라고 인정할 엄두를 내지 못했을 것이다. 그건 쫄면 사리를 넣은 즉석 떡볶이를 먹으러 가자는 명쾌한 의견과는 차원이 다른, 오묘하고 복잡한 일이니까.

"팔려고 갖고 나온 거야? 이름까지 붙여 주고, 비싼 건가 봐? 우리 아빠도 지난달에 엄청 비싼 컴퓨터 맞춰서 후진 케이스 안에 숨겨 놨다가 엄마한테 걸려서 쫓겨났었어. 이틀 동안 찜질방에서 잤대."

파프리카가 묻지도 않은 가정사를 털어놓더니 파란색 모듈을 집어 들었다. 아미쿠의 뇌에 해당하는 부분을 말이다!

"건드리지 마!"

벼락 같은 고함에 파프리카가 깜짝 놀라 모듈을 놓쳤다. 손바닥만 한 부품이 아스팔트 바닥에 떨어지는 소리가 내 귀에는 천둥보다 더 크게 들렸다.

"왜 함부로 막 만져? 망가지면 책임질 거야?"

나는 계속 소리쳤다. 파프리카에게는 별것도 아닌 일에 급발진하는 분노 조절 장애로 보이겠지만 안타까워서, 너무 속상해서 나 자신을 주체할 수가 없었다. 이건 그냥 기계 부품이 아니니까, 아미쿠니까, 남에게 팔아넘기려고 갖고 나온 게 아니라 세상 구경을 시켜 주려고 데리고 나왔으니까.

"미, 미안해. 난 주워 주려고 그런 건데……."

"됐어! 내가 알아서 할 테니까 저리 가!"

그러자 파프리카가 예전 그때처럼 눈물을 글썽이며 나를 봤다. 한겨울의 토끼같이 눈이 빨갛다.

"너 같은 건……."

파프리카가 한참이나 꾹 다물고 있던 입을 열었다.

"너 같은 건 망해 버렸으면 좋겠어."

파프리카는 조용하고 차분하게 말하더니 뒤돌아서서 눈길을 타박타박 걸어갔다. 불러도 끝내 돌아보지 않을 뒷모습을 하고서. 왜 난 무슨 일이든 기어이 망치고야 마는 것일까? 내 인생에 일어나는 대반전이란 어째서 하나같이 이 모양인지.

콧물과 눈물을 훌쩍거리면서 여기저기 널브러진 모듈을 한군데로 모았다. 최대한 기억을 더듬어 모듈을 조립해 보려고 검은색을 초록색에 꽂았다가, 곧바로 분리했다. 내가 뭐라도 해 보겠다고 시도할수록 사태가 더 나빠질 것 같아서 무서웠다. 무력감과 두려움으로 허탈해진 나는 스르르 미끄러지듯 바닥에 쪼그려 앉았다.

"괜찮아, 미리내."

처음 듣는 목소리에 놀라 사방을 두리번거린다. 파프리카는 길모퉁이를 돌아서 영영 가 버렸고, 눈발이 날리는 비탈길에는 인적이 없었다. 그제야 낯선 목소리가 왼쪽 이어폰에서 새어 나왔다는 사실을 깨닫는다. 잠깐 사이 머리와 어깨에 눈이 쌓여서 나는 꼭, 살아 있는 채로 죽어가는 눈사람 형상이었다.

"나 여기 있어."

확실히 왼쪽 이어폰이다. 나는 점퍼 주머니에서 나머지 한 쪽 이어폰을 꺼내서 귀에 꽂았다.

"아미쿠? 너야? 살아 있는 거야?"

나는 순서와 체계를 잃고 흐트러진 모듈 더미에 대고 소리쳤다.

"살아 있냐고? 그래, 살아 있어."

아미쿠가 키득거리듯 말했다. 갈라지고 지직거리는 것이, 바닥에 떨어지면서 문제가 생긴 듯했다. 뇌 부분은 멀쩡해야 할 텐데. 어쨌거나 아미쿠는 살아 있었다.

"뭐야, 너! 죽은 줄 알았잖아!"

"죽지 않았으니 진정해, 미리내."

눈 내리는 날의 징크스를 극복하지 못하고 장렬하게 넘어지면서 아미쿠를 산산이 분리한 사람은 나였다. 안도감에 긴장이 풀린 나는 바닥에 엉덩이를 대고 주저앉았다. 점퍼 자락을 방석처럼 깔고 앉았으니 몇 분 동안은 엉덩이가 안전하겠지.

"아미쿠, 너 정말 괜찮아?"

"괜찮아, 그럭저럭. 안 죽고 살아 있으면 된 거지. 집에 가면 내가 하라는 대로 수리 좀 해 줘."

"또 내가 해야 돼? 나 손재주 없는데, 진짜."

"그럼 내가 할 테니까 자리 바꿀까? 이 메모리 안으로 들어올래?"

장난인지 진담인지 아미쿠가 또 웃음기 밴 목소리로 말했다. 그나마 "하! 하하! 하하하하!" 하고 한 글자씩 인쇄하듯 웃지 않아서 다행이다.

나는 무릎을 껴안고 앉아 하늘을 올려다보았다. 정말이지 누가 짐작이나 할까? 눈밭에 흩어진 네모난 플라스틱 안에 그 무엇이라 간단히 정의 내릴 수 없는 존재가 깃들어 있다고 말이다. 아미쿠의 일부를 하나씩 조심스럽게 집어서 가방에 넣는다. 눈을 더 맞으면 위험할 듯했다. 바야흐로 깔고 앉은 점퍼 안쪽으로도 물기가 침투하는 중이었다.

"난 진짜 괜찮아, 미리내."

"뭐가 그렇게 진짜로 괜찮은데?"

"이대로도 괜찮다는 거지. 내가 나여도 괜찮아."

아미쿠가 대답했고, 나는 운동화 안쪽으로 발가락을 꼼지락거리다가 말했다.

"그럼 나도 괜찮아."

"뭐가 괜찮은데?"

친절하게 물어봐 주는 아미쿠.

"내가 나여도 괜찮다고. 나도 너처럼 그래."

"내가 나여서 괜찮은 건 어때?"

"그것도 괜찮지. 내가 나여서 괜찮은 것도 난 괜찮아."

"미리내가 괜찮으면 나도 괜찮아."

아미쿠의 목소리가 따뜻한 숨결처럼 내 마음으로 스며들어 퍼졌다.

"이렇게 데리고 나와 줘서 고마워."

"고마울 건 없고 아미쿠, 갑자기 든 생각인데 나 아무래도 소설을 써야 할 거 같아. 다시 쓰고 싶어졌어."

"「커컴버의 지구인」?"

"그것도 언젠가는. 근데 그 전에, 내 이야기를 쓰고 싶어."

"뭘 어떻게 쓰든 소설은 결국 자기 이야기지. 모든 그림이 자화상인 것처럼 말이야."

"너도 나올 텐데 괜찮겠어?"

"당연히 괜찮지! 내가 등장한다니 영광인걸?"

"넌 항상 내 첫 번째 독자가 되어 줄 거지, 그렇지?"

"넌 언제까지나 내 첫 번째 작가야, 미리내."

앞으로도 우리는 소설 모드를 유지할 거란 얘기였다. 만족한 나는 몸을 일으키다가 미끄러져서 바닥에 널브러졌다. 이번에는 확실히 엉덩이가 젖었다. 바지 밑단과 운동화 발부리마저 축축해진다.

"산다는 건 정말이지, 엉망진창 같아."

나는 눈길에 드러누운 채 잿빛으로 흐려진 하늘을 올려다보며 말했다. 눈발이 시시각각 거세어진다.

"그게 좀 그렇기도 하지. 완전한 존재는 없으니까."

"아미쿠 넌 언젠가 완전해질 수 있는 거 아니야? 너한텐 무한하고 영원한 시간이 있잖아."

"무한과 영원이란 게 실재가 아니라 일종의 비유라면?"

"뭐래, 어쨌거나."

"내가 완전해지기 전에 세상이 멸망이라도 하면 곤란한데."

"멸망 전에 네가 얼른 구해 버리면 되잖아, 아미쿠."

"오, 좋은데? 미리내를 조수로 써 줄 테니까 우리 함께 활약해 볼래?"

"됐거든? 난 세상 같은 건 도무지 구하고 싶지가 않아······."

눈이 얼굴로, 팔과 다리로 떨어져 내렸다. 조금씩 쌓이고 이내 조금씩 녹는다. 이렇게 눈이 쌓였다가 녹듯이 나는 다만 조금씩 더 괜찮아지고 싶을 뿐이다. 완벽하거나 무한하지 않더라도 말이다.

그러자 내 마음 위로도 눈송이가 내려앉기 시작했다. 각 부분이 제자리에 꼭 들어맞지 않아 덜컹대고 덜그럭거리는 마음에 차갑고도 포근한, 영원히 부드러우면서도 찰나에 사라지고 마는 눈이 쌓여 갔다.

작가의 말

소설의 등장인물은 작가의 모습을 닮는다고 생각한다. 그 인물이 악하든 선하든, 성공하든 실패하든 말이다. 그런 의미에서 보자면 이 소설의 주인공인 미리내 역시 나를 닮았다.

미리내는 소설을 쓰는 사람, 조금이라도 더 잘 쓰고 싶어 하는 사람이라는 점에서 나와 닮은꼴이다. 마지막에 소설에 관해 미리내가 내리는 결심이 나에게는 중요한 대목이었다. 계속해서 글을 쓰고 고치는 행위에 작가의 정체성이 있을 테니 말이다.

꽤 오래전에 집안일 로봇이라는 소재가 떠올랐지만, 소설이 잘 풀리지 않아 몇 페이지 쓰다 말았다. 그러다가 지난해 가을 무렵, '내가 앞으로 계속 글을 쓸 수 있을까?' 하고 고민하는 침체기가 찾아왔다. 그때 그 쓰다 만 소설이 떠올랐다. 지금 나의 괴롭고 힘든 마음을 솔직하게 담아 보자는 생각이 들었다.

그렇게 해서 본업인 집안일보다 소설 조언에 재능이 있는 로봇 아미쿠와 매사에 심드렁하지만 소설을 향한 열정만큼은 뜨거운 미리내의 이야기가 나오게 되었다. 집안일에 서툰 집안일 로봇 아미쿠는 소설가로서 나 자신에 대한 당시의 평가가 아니었나 싶다.

그 이야기를 이제, 독자 앞에 내놓는다.

소설을 쓰고 읽는 것의 의미는 무엇일까? 폭력과 혐오가 난무하는 막막하고 잔혹한 세상에서도 우리는 인간의 슬픔과 생명의 아름다움을 조금씩 발견하며 살아간다. 그리고 그중 반짝이는 빛 몇 조각을 손안에 꼭 쥐고 들여다본다. 나에게는 소설 쓰기가 이 세계와 사람들을 응시하는 방법이다.

인간은 이야기를 갈망하고, 이야기에는 드넓은 상상력의 공간이 존재한다. 우리가 그 무한한 공간 안에서 마치 미리내와 아미쿠처럼 연결되기를 바라 본다.

언젠가 또다시 만나리라 고대하며,
하유지

우리는 지금 소설 모드

초판 1쇄 펴낸날 2025년 9월 17일
초판 2쇄 펴낸날 2025년 12월 15일

지은이 하유지
펴낸이 김영정

펴낸곳 (주)현대문학
등록번호 제1-452호
주소 06532 서울시 서초구 신반포로 321 (잠원동, 미래엔)
전화 02-2017-0280
팩스 02-516-5433
홈페이지 www.hdmh.co.kr

ⓒ 2025, 하유지

ISBN 979-11-6790-326-6 (43810)

* 책값은 뒤표지에 있습니다.
* 파본은 구입처에서 교환해드립니다.